VICTOR AZAM

LA CHAINE PARISIENNE

(NOUVELLES)

LE COUCOU DE LA VOISINE

—

LE BOULET

—

LA FOIRE AUX AMOURS

AVEC UNE PHOTOGRAPHIE DE PIERRE PETIT

D'APRÈS HENRY FUSINO

PARIS

GUÉRIN, LIBRAIRE-ÉDITEUR

7, PASSAGE JOUFFROY, 7

1863

DÉPOSÉ CONFORMÉMENT AUX VOEUX DE LA LOI.

TYPOGRAPHIE DE CH. ET A. VANDERAUWERA,
RUE DE LA SABLONNIÈRE, 8, A BRUXELLES.

LE COUCOU DE LA VOISINE

I

« Le plus court chemin d'un point à un autre est la ligne droite. » Voilà un axiôme fort sottement accrédité par la géométrie et dont le commun des martyrs accepte trop aisément la tyrannie depuis maintes années.

Il faut à la fin se révolter contre ces absurdités raisonnables que débitent des imbéciles salariés et asseoir dans leur bêtise les professeurs de sagesse, de raison et d'exactitude au plus juste prix. Non, le plus court chemin d'un point à un autre n'est pas la ligne droite ! — Non ! non ! mille fois non ! — C'est la ligne courbe qui est le plus court chemin, la ligne très-courbe, la ligne brisée, très-brisée; la ligne cornue, biscornue, mais pas la ligne droite !

Les gens qui ont fait cette réputation usurpée à la ligne droite étaient des calculateurs atrabilaires. A coup sûr ils ne connaissaient rien à la philosophie, à la morale et surtout à l'expérience. Rien d'ailleurs ne calcule plus mal qu'un calculateur, et la meilleure raison à en donner, c'est que lui-même se défie de ses propres calculs et qu'il fait la *preuve* de toutes ses opérations. Les philosophes, au contraire, sont sûrs d'eux autant qu'hommes du monde et je suis convaincu qu'on étonnerait profondément M. Victor Cousin, si l'on se permettait de lui dire qu'il existe sur la terre — dans un coin ignoré, loin des jaloux et des méchants — un homme qui n'admire que médiocrement ses admirables théories.

Mais revenons à la ligne droite. Taxile Barbade faillit devenir complètement fou, pour lui avoir attribué, comme le commun des martyrs dont nous parlions tout à l'heure, la qualité que nous lui nions.

C'était du reste un garçon naïf que ce Taxile Barbade, bien qu'en sa qualité de Marseillais il ne doutât de rien — de rien absolument. Il se

savait jeune, beau, vigoureux, spirituel, intelligent et destiné au plus grand et plus merveilleux
avenir ; d'abord parce qu'il était de Marseille et
que tous les habitants de l'antique cité phocéenne
sont jeunes, beaux, vigoureux, spirituels, intel-
ligents et destinés aux plus grands et plus merveilleux avenirs — ensuite et, à son avis, ce n'était
pas la moins bonne raison — parce qu'il s'appelait Taxile Barbade. — Notez bien Taxile Barbade
de Marseille, fils unique de Marius-Justin Barbade de Marseille et de Dorothée-Virginie Darousseau de Montauban.

Au moment où commence cette histoire —
car c'est une histoire et même une histoire lu-
gubre — Taxile Barbade avait vingt ans. Quant
à son signalement, bien que je ne sois point
aussi habile physionomiste que les secrétaires
de MM. les commissaires de police, je crois pouvoir vous l'établir assez convenablement. Il me
semble encore voir et entendre Taxile, lorsqu'il
y a cinq ou six ans il arriva à Paris vêtu des
pieds à la tête de velours de coton gris anglais,
et coiffé d'un panama à larges bords et à fond
pointu.

Pas trop grand, pas trop maigre, le garçon
avait l'œil vif, le teint frais, mais légèrement

bistré par le sel et le soleil. Il était bien tourné, un peu campé en don Quichotte et bavard autant que la roue d'un moulin à eau ; d'ailleurs enfant comme un agneau dé quinze jours dont la paupière s'irrite sous les premiers rayons de la lumière. Pourtant Taxile assurait qu'il avait le pied marin et il répétait sans cesse :

— Celui qui mettra une paille dans l'œil au fils de mon père, je te lui promets de le considérer avec l'autre comme un malin.

Donc Taxile jouissait d'une confiance illimitée dans sa propre personne ; excellente chose lorsqu'il s'agit de livrer la bataille d'Austerlitz ou de Solferino, mais d'une utilité au moins contestable pour chercher et trouver une chambre garnie dans le quartier latin. Car j'ai totalement oublié de vous dire que notre jeune Marseillais était venu à Paris pour y étudier le noble art des Dupuytren, des Velpeau et des Ricord ; que le matin même son hôtesse l'avait mis à la porte de son logis pour des motifs où sa moralité et sa solvabilité n'étaient point en jeu et enfin qu'il se promenait dans la rue Racine, escorté d'un commissionnaire dont le crochet pliait sous le poids de deux énormes malles, de paquets de livres et autres bagages.

Quant à notre héros, il ne portait qu'un objet, un seul, mais si précieux qu'il mérite une mention particulière : Taxile portait le squelette de Clodomir — une fort belle pièce d'anatomie, ma foi ! et que Taxile appelait *sa réserve,* parce que chez tous les usuriers-fripiers du quartier on lui prêtait sans hésiter trois louis sur la simple consignation de ce squelette d'un enfant bicéphale, mort à l'âge de sept ans, après avoir fait pendant sa vie l'ornement des foires départementales et des cours étrangères. *Faire donner la réserve*, c'était pour Taxile engager Clodomir. On comprendra, d'après ces détails, pourquoi l'étudiant en médecine ne confiait pas ce trésor aux mains inhabiles ou insoucieuses d'un mercenaire et se réservait l'honneur de le transborder lui-même de ses pénates ingrats dans les lares nouveaux que lui réservait le hasard. C'est si fragile un phénomène !

Dans le quartier latin, les chambres meublées de trente cinq à quarante cinq francs deviennent rares quinze jours après le commencement de l'année scolaire. Chaque étudiant a fait son nid, il s'y est acclimaté, il ne le quitterait pas pour le trône de toutes les Espagnes réunies. Cela est si bon de savoir exactement où l'on peut trouver

1.

sa pipe lorsqu'on veut fumer, son livre quand on est disposé à travailler, qu'un étudiant tapi dans le plus détestable logis ne déménage jamais, à moins qu'on ne l'expulse violemment, comme cela venait d'arriver à notre ami Taxile Barbade. Or, comme on n'avait déplacé brutalement, en même temps que lui, aucun élève de l'École de droit ou de l'École de médecine, il lui fallait absolument l'aide de la providence pour ne pas errer indéfiniment dans Paris, portant son squelette et suivi de son commissionnaire. Mais un Marseillais, un Taxile Barbade ne connaît pas d'obstacles, ou, s'il en rencontre, il les rompt et Taxile cheminait — Clodomir sous son bras — et entrait dans tous les bureaux des hôtels situés sur son chemin.

Le pavé de la rue Racine est bordé d'hôtels meublés et Taxile défilait entre une foule de logements tous loués, tous occupés et tous aimés de leurs locataires. Il avait déjà frappé inutilement à plusieurs portes inhospitalières et il était presqu'arrivé à l'extrémité de la rue opposée à celle par laquelle il avait commencé ses investigations, lorsqu'à l'hôtel du *Parlement de Paris*, le propriétaire lui annonça qu'il lui restait une chambre, une seule chambre, et il ajouta d'un ton à la fois aimable et engageant :

— Monsieur a véritablement de la chance, car notre seule chambre vacante est la plus jolie de la maison.

— C'est toujours comme çà, répondit judicieusement Barbade; lorsqu'on vient louer une chambre, celle qu'on vous donne est toujours la plus belle de l'hôtel. Les aubergistes de Marseille — dont je suis — ne manquent jamais de dire cela aux voyageurs. Vous autres de Paris, vous nous volez nos mots et vous nous appelez Martigaux. Voyons la chambre!

— C'est quarante francs avec le service, fit l'aubergiste sans se préoccuper de la critique de Barbade.

— Voyons d'abord la chambre! répliqua ce dernier.

— C'est quarante avec le service, répéta l'hôte du *Parlement de Paris* qui tenait à son idée; la maison est plus que tranquille; je loge beaucoup d'étudiants et l'on rentre à l'heure que l'on veut.

— Voyons la chambre! répondit encore Barbade. Voyons la chambre d'abord! nous nous expliquerons après. Et il ajouta par manière d'*à parte* : il faut que ce soit un trou à n'y point loger un charançon, mais je suis de Marseille et celui qui mettra une paille dans l'œil au fils de mon père, ce ne sera pas ce gaillard-là.

Pendant ce temps, l'hôtelier avait pris une clef et passa devant Barbade pour lui indiquer qu'il était prêt à le guider dans son exploration :

— C'est au quatrième? fit l'étudiant s'arrêtant sur le carré du troisième étage tandis que l'hôte continuait son ascension ; c'est bien haut !

— Au cinquième, monsieur, répliqua l'aubergiste; au cinquième, mais un si petit cinquième !

— Enfin ! souffla Barbade, se décidant à monter.

— Et puis une si jolie vue ! monsieur ; une si jolie vue ! les bassins des réservoirs de la ville de Paris et la cour de récréation des plus jeunes élèves du collège Saint-Louis!

— Et le n° 13 encore ! interrogea Barbade.

— Monsieur est superstitieux? fit en même temps l'hôte.

— Point, mon bon, mais ne m'avez-vous point dit trente-cinq francs par mois?...

— Quarante, affirma l'aubergiste.

— Il me semblait... enfin cela ne fait toujours que trente-cinq, parce que dans tous les pays du monde et dans toutes les auberges de l'univers, la chambre n° 13 se paie cinq francs de moins que son prix réel. Je ne suis pas superstitieux, mon bon, je sais compter; voilà tout !

L'hôte s'était probablement aperçu qu'il avait affaire à forte partie — ou bien peut-être avait-il surfait son prix pour préparer une satisfaction d'économie à son futur locataire. Dans tous les cas, il ne sourcilla point, et fit sonner la clef dans la serrure du n° 13, poussa la porte et s'effaça pour livrer passage à Taxile.

— Peuh! dit ce dernier en allongeant les lèvres d'une façon tout à fait méprisante. Peuh! ce n'est point un Louvre, votre n° 13.

— Monsieur, répliqua l'hôte, pour trente-cinq francs!

— Est-ce qu'on moud de la farine à côté?

— Ce bruit que vous entendez là, c'est celui d'un coucou, monsieur; c'est très-commode parce qu'il est à sonnerie et à réveil...

— Tous les agréments réunis.

— A sonnerie et à réveil, continua l'aubergiste sans se laisser intimider, ce qui, je le répète, est très-commode et vous permet de contrôler l'exactitude de l'horloge de la Sorbonne que l'on entend d'ici *comme si l'on y était.*

— Et c'est là tout ce que vous donnez de pendule à vos locataires.

— Et puis, ajouta l'hotelier n'abondonnant point aisément l'éloge du coucou, et puis cela donne un petit air campagnard à la maison. En fermant les yeux et avec un peu de bonne volonté on se croirait à cinquante lieues de Paris.

— Et quel est l'heureux propriétaire de cet objet rare ?

— Le propriétaire est une propriétaire.

— Ah ! ah ! fit Taxile en se pourléchant les lèvres et en passant la main dans son épaisse chevelure.

— Oh ! répliqua l'aubergiste d'un ton qui eut inspiré de l'humilité à tout autre qu'à notre Marseillais.

— Et elle est jeune ?

— Et sage, monsieur !

— Comment avez-vous dit cela ?

— J'ai dit : Et sage.

— J'avais bien entendu, et je croyais avoir mal entendu.

— Eh bien ! monsieur, reprit l'hôte avec une certaine dignité, il y a encore des jeunes filles sages. C'est rare, surtout dans les hôtels du quartier latin, mais Mlle Rosinette est une exception en tout : Elle est belle comme un ange, sage comme une image et plus laborieuse à elle seule que tous mes locataires réunis.

En cet instant une voix ou plutôt une chanson éclata en fanfares joyeuses. La chanson était d'un vrai poète, l'air d'un médiocre musicien, mais la voix — la voix — celle de la harpe d'or d'un chérubin, une voix faite de jeunesse, de santé, de poésie, de force, de courage et de contentement. La voix chantait :

Bobinette en fait de nature
Ne connaît rien
Qu'aller manger une friture
Au lac d'Enghien.

— Et sage! soupira Barbade sur le mode majeur de l'incrédulité.

— Et sage, oui monsieur! répéta l'aubergiste.

— Je loue la chambre, fit l'étudiant.

— Quarante francs?

— Trente, répliqua Barbade, cinq francs de diminution pour le n° 13 et cinq francs pour le coucou.

— Allons! dit l'hôte, j'ai toujours désiré avoir un Marseillais pour locataire.

II

Mlle Rosinette était la propre cousine de Mimi-Pinson. Elle se nourrissait de chansons, de laitage et de charmants éclats de rire. Aux gens qui me répondront que cela n'est point vrai, je dirai que l'histoire de Rosinette est trop connue dans la rue Racine et dans les localités circonvoisines pour qu'il soit nécessaire d'établir la vérité de ce que j'avance autrement que par une simple affirmation.

Mlle Rosinette était blonde, grasse et tout à fait avenante. Avez-vous vu ces charmantes fantaisies du peintre Hamon où il reproduit le plus

2

naturellement du monde une nature et des femmes qui n'ont jamais existé, sous un ciel et dans
une atmosphère qui n'existeront jamais. Toutes
les grâces naïvement maniérées des différentes
femmes du peintre Hamon, Mⁱˡᵉ Rosinette les
réunissait dans sa petite personne, et comme
tout en elle devait emprunter un charme de plus
aux difformités charmantes que la civilisation
fait éclore chez le sexe faible, elle zézéyait un
peu en parlant. Pour mon compte, je ne connais
rien de plus adorablement aimable que ces petites vignettes anglaises, qui parlent comme des
marionnettes et semblent être des jouets charmants formés par Dieu, dans un jour de complaisance pour les plaisirs mondains de l'homme.

Je ne vous raconterai point l'histoire de
Mⁱˡᵉ Rosinette, qui était grisette et brodeuse au
plumetis, comme sa cousine germaine Mimi-Pinson était lingère et grisette. Il y a des familles
comme cela où les filles, quoique jolies à l'égal
des fées, ne deviennent ni marquises, ni danseuses, ni comédiennes et restent tout simplement ce que la nature les a faites : de bonnes et
braves créatures, aussi simples que belles.

Quand l'aubergiste, qui s'appelait M. Bricou,
avait garanti la vertu de sa jeune locataire du

n° 14, la vérité toute nue était sortie de sa bouche. Rosinette méritait encore une couronne in-
tacte de rosière : mais ce n'avait point été sans
combat qu'elle s'était maintenue dans cet état de
grâce. Vraiment non, le petit cœur de la jolie
blonde avait plus d'une fois battu la générale à
casser les lacets les plus solides des corsets les
plus élastiques. Dame ! un cœur de dix-sept ans
n'est point encore aguerri et la première paire de
moustaches en crocs que l'on retrousse devant
lui d'un grand air provocateur, cela lui donne à
songer ! Rosinette avait su conserver sa tête et sa
vertu au milieu des tentations de toutes sortes
qui l'assaillaient à chaque instant. Cependant,
depuis onze mois, elle s'était compté treize amoureux, le plus hardi lui avait pris la taille et lui
avait donné un gros baiser tout chaud sur le cou
entre la joue et la gorge. C'est un endroit bien
dangereux ! Et Rosinette rêva pendant huit jours
de ce baiser-là. De tous ses amoureux, Rosinette
avouait qu'elle avait préféré l'amoureux au baiser;
ce qui prouve une fois de plus que les femmes
adorent les audacieux et les mauvais sujets.

Les timides font si peu de besogne et les bons
sujets sont si ennuyeux !

Rosinette était donc restée sage, bien gardée

par sa gaîté, son amour du travail et la modi-
cité de ses besoins. La charmante enfant gagnait
cinquante-cinq sous par jour — vous comprenez
qu'elle était riche. Vous riez, messieurs et mesdames ! il n'y a pas de quoi pourtant.—Rosinette
était riche avec cinquante-cinq sous par jour et
de plus Rosinette avait des économies : tout le
monde ne peut pas en dire autant.

Je ne veux pas humilier le lecteur ; et pourtant
je ne puis résister à l'envie qui me prend d'équi-
librer ici le budget des dépenses et le budget
des recettes de Rosinette. Je sais bien que cela
ne corrigera personne, mais l'Académie donne
tous les ans des prix de vertu à des domestiques
qui ont négligé de voler leurs maîtres — exem-
ples trop rares aujourd'hui — et je trouve que
Rosinette a des droits à l'héritage de M. de Monthyon. C'est mon opinion personnelle, je la donne
pour ce qu'elle vaut, rien de plus.

Avec cinquante-cinq sous par jour, cela fait
huit cent soixante francs par an, car Rosinette
avait de la religion, elle ne travaillait jamais le
dimanche et allait danser l'hiver et se promener
l'été dans la campagne, pour remercier la providence de lui avoir envoyé du travail toute la
semaine. Rosinette ne connaissait même point de

nom Paul Louis Courrier et elle pratiquait ses préceptes avec ferveur. Ce Paul Louis avait du bon et l'âme de Rosinette était belle.

Rosinette gagnait donc huit cent soixante francs par an. Elle payait sa chambre trois cent soixante francs. Des économistes, qui veulent absolument qu'on emploie le dixième de son revenu à son loyer, eussent trouvé à redire à ce chapitre du budget des dépenses de Rosinette ; mais la grisette leur eût répondu qu'elle aimait ses aises et que puisqu'elle soldait exactement le prix de sa chambre, cela ne les regardait point.

Qui de huit cent soixante paie trois cent soixante, garde cinq cents. Avec cinq cents francs, non-seulement Mlle Rosinette faisait face à tous ses besoins, mais encore elle se payait tous ses caprices, toutes ses fantaisies et la charmante enfant en avait autant qu'il y a de jours dans l'année. — Elle était assez gentille pour se permettre ce luxe-là. — Rigolette — la Rigolette d'Eugène Sue, pas l'affreuse Rigolette que nous avons vu se dégingander dans les bals publics — Rigolette n'avait d'autre luxe que ses serins : Ramonette et papa Crétu ! — Rosinette adorait les fleurs. Voilà pourquoi elle ne voulait jamais demeurer sur le devant d'une maison.

2.

Sa fenêtre maçonnée et terrassée à l'instar
des jardins de Babylone embaumait tout un quartier. Je ne crains pas d'être démenti en affirmant
que les quatre-vingt-dix-neuf centièmes au moins
des habitants masculins de l'ancien onzième
arrondissement eussent préféré aller déchiffrer
le livre du cœur de la grisette, derrière son
rideau de clématites, de volubilis et de pois de
senteur, à une promenade sous les ombrages du
Luxembourg, même en compagnie d'une bonne
édition d'Horace.

Mlle Rosinette était coquette — coquette comme
une petite chatte — mais comme elle n'avait pas
d'amoureux, elle se faisait belle pour son miroir,
pour son miroir seulement, et c'était une bien
mauvaise action de sa part, car il ne manquait
point de cœurs de bonne volonté qui n'eussent
pas mieux demandé que de retourner avec elle
le premier feuillet du divin poème de l'amour.

Du reste, un rien parait Rosinette. — L'été
avec un peignoir d'organdi, l'hiver avec une robe
de mérinos noir, elle défiait le luxe et l'élégance
des duchesses, tant sa taille était mignonne, bien
cambrée et rondelette. Elle ne portait que des
bottines de trois francs dix sous et la lorette la
plus curieuse de sa chaussure lui eut envié ses

jolis pieds; enfin, les diamants de Rosinette, c'é-
taient les brides et les nœuds de son bonnet et
je vous jure que la digne fille n'en désirait point
d'autres.

Dès que Taxile Barbade eut arrêté la chambre
n° 13, il posa doucement Clodomir sur le divan
qui garnissait l'une des faces de son nouveau domicile, puis il pria son propriétaire de vouloir
bien donner l'ordre de monter au commissionnaire qui l'attendait dans la rue avec le restant de
ses bagages.

Le déménagement d'un étudiant ne nécessite
point le concours de fourgons ni de nombreux
porteurs.

Taxile Barbade, en rangeant ses livres, ses
hardes, ses papiers, entendait la voix de la voisine :

> Bobinette en fait de nature
>   Ne connaît rien,
> Qu'aller manger une friture
>   Au lac d'Enghien!

— Ma voisine! ma voisine! murmurait-il entre les dents : ma voisine! ma voisine!

Et peu à peu le « ma voisine » de Taxile Barbade prenait la cadence et l'harmonie de l'air que
chantait Rosinette :

— Ma voisine ! ma voisine !

— Tiens ! de son côté se disait la jolie brodeuse, on a remué au n° 13, j'ai un nouveau voisin : pourvu qu'il ne soit pas comme le précédent qui prenait des leçons de cor de chasse de deux à quatre heures du matin.

— Sapristi ! pensait Barbade, ou je ne suis pas Marseillais ou je dois trouver *illico* un moyen spirituel de m'introduire chez la voisine ! la voisine ! ma voisine !...

— Ah ça ! pensait en même temps Rosinette, je crois que le voisin se permet de répéter ma chanson ! Voyez-vous çà ! il se moque de moi ! Eh bien ! je ne chanterai plus. Je ne veux pas qu'un insolent ait l'air de se moquer de moi.

— Tiens ! tiens ! la voisine qui se tait. Oh ! ajouta Barbade en se frappant le front, je l'ai trouvé, je l'ai trouvé.

Et il frappa discrètement à la cloison.

Mais aucune voix, aucun bruit ne lui répondirent.

Barbabe n'était point du midi pour rien. Il refrappa à la muraille.

— Elle n'aura point entendu, se dit-il pour se consoler de son échec.

Rosinette n'était point disposée à sortir de

son silence. Bien au contraire, elle était résolue à s'y cantonner.

— Ah ça! reprit Barbade, j'aurais inventé un moyen excellent, spirituel, quelque chose d'à la fois neuf et imprévu, et parce qu'elle ne me donnerait point la réplique, cette petite ouvrière, la pièce manquerait! Oh! non, cela ne sera pas.

La vertu est plus forte que toutes les combinaisons du démon tentateur. Elle déjouerait Satan en personne, par conséquent elle devait venir à bout de notre Marseillais, qui n'était pas le diable, bien qu'il voulut le paraître.

Mais!

Mais le coucou faisait tic tac — tic tac — tic tac, avec une monotonie désespérante.

— Saperlotte! pensa Barbade, si la petite n'est pas causeuse, son coucou n'est guère silencieux.

— Tic tac! tic tac!

— Gredin de coucou! scélérat de coucou!

— Tic tac! tic tac!

— Si encore il était accompagné de la chansonnette de tout à l'heure!

— Tic tac! tic tac!

— Et dire qu'avec tout mon esprit, à cause de cette jolie voix de tout à l'heure, je me suis logé au n° 13, pour entendre:

— Tic tac! tic tac!

— Te tairas-tu? brigand de coucou!

— Tic tac! tic tac!

— C'est bien fait aussi! un n° 13! cela devait me porter malheur! Ah ça! maître Barbade, deviendriez-vous superstitieux?

— Tic tac! tic tac!

— C'est qu'aussi cet instrument fatal....

— Tic tac! tic tac! tic tac! tic tac!

— Il y a des moments où il me semble qu'il va plus fort et plus vite comme pour me narguer!

— Tic tac! tic tac! tic tac! tic tac! tic tac! tic tac! tic tac! tic tac!

— Est-ce qu'il va me découper ma vie en morceaux!

— Tic tac! tic tac! tic tac! tic tac!

— En petits morceaux; me monnayer mon existence en pièces de quatre sous!

— Tic tac! tic tac! tic tac! tic tac!

— Sarpejeu! ça ne va pas bientôt finir?

— Tic tac! tic tac! tic tac! tic tac!

— Ah!

— Tic tac! tic tac! tic tac! tic tac!

— Je vais démolir le mur; ça sera un moyen d'entrer chez la voisine.

— Tic tac! tic tac!

— Mon Dieu ! mon Dieu !

— Tic tac ! tic tac !

— Mademoiselle ! fit Barbade ! mademoiselle.

Mais il n'obtint pour réponse que :

— Tic tac ! tic tac !

Mlle Rosinette était sortie ou elle ne voulait point entrer en communication avec le nouvel occupant du n° 13.

III

— Si Mlle Rosinette, lorsqu'elle sort, ne mu-
sèle pas son instrument à découper la journée,
me voilà bien ! Mais ce n° 13 n'est point tenable ;
je chercherai demain une chambre ; une chambre
sérieuse ; une chambre sans voisine qui chante
la chanson de Bobinette, qui soit vertueuse et
possède un coucou.

— Tic tac ! tic tac ! tic tac ! tic tac !

— Le mieux que je puisse faire, c'est d'aller
au café d'à côté, peut-être que le bruit de ce
coucou de malheur ne m'y poursuivra pas.

Or, voyez comme tout s'enchaîne dans la vie ;

5

tout depuis la minute qui précède le réveil jusqu'à la seconde qui suit le sommeil ; tout depuis le plus petit événement jusqu'au plus considérable. Taxile Barbade rencontra des compatriotes au café des *Trois mousquetaires gris,* et il sortit de cet établissement, après deux heures de conversation panachée d'absinthe, aussi gris que les mousquetaires ci-dessus désignés.

Taxile Barbade avait l'âme généreuse.

Il se croyait chez lui à Paris, parce qu'il y demeurait depuis plus longtemps que ses compatriotes.

Il voulut payer toute la consommation.

Lui et ses quatre camarades avaient bu vingt-sept verres de la liqueur verte.

Total : huit francs dix centimes.

Barbade n'avait dans sa poche que sept francs soixante-cinq centimes.

Or, comme il avait coutume de porter sur lui toute sa fortune, il n'avait laissé chez lui ni or, ni argent, ni cuivre, et à moins que des voleurs se fussent introduits dans son domicile pendant son absence, il avait lieu de supposer que l'état de sa caisse n'était point modifié.

Mais Clodomir! Clodomir! sa réserve lui restait.

Il songea que le moment était arrivé de la faire donner.

Et comme il avait lu dans les *Commentaires de César* qu'un bon général doit se décider vite, il voulut agir promptement.

Sans rien dire à ses amis, il remonta dans sa chambre. Bien qu'il fut gris, il entendit très-distinctement le coucou qui faisait :

— Tic tac ! tic tac ! tic tac ! tic tac !

Seulement, il sembla à Taxile Barbade que le coucou avait pris des sons mélancoliques. Etait-ce l'effet du remords ? Etait-ce l'absinthe qui le travaillait déjà ? Mais le Marseillais croyait entendre le coucou lui dire :

— Tic tac ! tic tac ! Si tu crois que c'est en buvant de l'absinthe que tu arriveras à te faire recevoir docteur ! tic tac ! tic ! tac ! si tu crois que ma petite propriétaire qui est gentille comme un petit cœur pourra jamais aimer un gaillard qui se grise comme un portefaix, un buveur d'absinthe ; tic tac ! tic tac !

— C'est vrai ! répondit naïvement Barbade ! C'est vrai ! je suis un grand coupable !

— Tic tac ! tic tac ! Et puis tu vas mettre encore Clodomir au clou ! tic tac ! tic tac ! pour continuer ta vie d'orgie et de débauches ; tic tac !

— C'est vrai encore, monsieur le coucou. Vous avez toujours raison. Mais je ne puis pourtant pas laisser mes amis en plan au *Café des Trois mousquetaires gris*.

— Tic tac ! tic tac !

— C'est toi qui es gris ! coucou damné !

— Tic tac ! insolent ! tic tac ! tic tac !

— Eh bien ! monsieur le coucou.

. . . .

— C'est trop bête ! ma foi, reprit Barbade se parlant à lui-même, moi, un Marseillais, voilà que je me mets à causer familièrement avec un coucou, comme si c'était une personne naturelle. C'est trop bête !

Et il saisit Clodomir par le milieu du corps et le chargea sur son épaule.

. . . .

Lorsque Barbade fut complétement dégrisé, il se trouvait dans l'antichambre du bureau d'un commissaire de police.

IV

On a fait aux Polonais une bien détestable
réputation en les accusant d'être plus ivrognes
que les Suisses. Car, enfin, si la sagesse des nations affirme que les Suisses boivent incommen-
surablement, elle constate aussi que les Polonais
se grisent en buvant — grave défaut! *Boire
comme un Suisse!* c'est moins insultant que : *se
griser comme un Polonais!*

Boire comme un Suisse! Tout le monde d'ailleurs ne peut pas boire comme un Suisse et ne
point se griser en même temps comme un Polonais.

3.

Taxile Barbade, lui, avait bu comme un Suisse et s'était grisé comme un Polonais.

— Où a-t-on arrêté cet homme? dit le commissaire près duquel il avait été introduit.

— Sur le Pont-Neuf! répondit un agent.

— Seul?

— Avec un cadavre dans les bras.

— Un cadavre! fit le commissaire sautant sur son fauteuil à coussin de cuir vert.

— Oui, mon commissaire, répliqua le sergent de ville, un cadavre, comme qui dirait une manière de squelette empaillé, avec lequel monsieur tenait des conversations insensées sur le parapet du Pont-Neuf.

— Et qu'avez-vous fait du cadavre?

— Mon commissaire, il est en bas.

— C'est bien! reprit le magistrat dignement; nous allons l'examiner tout à l'heure. Avant, dites-moi exactement quels propos tenait le délinquant sur le parapet du pont.

— Mon commissaire, il appelait comme çà le cadavre: Clodomir, et lui demandait pardon. Il lui disait que c'était bien mal ce qu'il avait fait; que jamais plus il ne le mènerait chez sa tante et qu'enfin il le soignerait bien, le dorloterait et puis tout à coup il se mettait à sauter en criant:

coucou ! coucou ! puis il imitait avec sa bouche le bruit du moulin à vent : tic tac ! tic tac ! tic tac !

— Le coucou ! le coucou ! s'écria en cet instant Taxile Barbade qui s'était tu jusqu'alors et chez lequel les fumées de l'ivresse ne se dissipaient pas encore. Le coucou ! le coucou ! Tic tac ! tic tac ! tic tac !

— C'est un fou ! fit le commissaire en haussant les épaules.

— Ou un assassin de la plus dangereuse espèce, ajouta l'agent d'un ton important. Je pencherais assez vers cette opinion, mon commissaire. Cet homme est un grand criminel qui feint l'aliénation mentale pour mieux dissimuler ses sinistres antécédents.

— C'est possible, répliqua sèchement l'officier de police cherchant par la concision de ses paroles à rappeler à son subordonné qu'il lui était défendu d'avoir autant d'esprit que son supérieur ; c'est possible. Je vais l'interroger.

Il eut voulu dire : soyons adroit ! ce brave commissaire, qu'il n'eut pas mieux réussi. Et si Taxile Barbade avait été un vrai criminel — un criminel de la plus dangereuse espèce — comme voulait bien le dire le sergent de ville — un scélérat qui feint l'aliénation mentale pour mieux dissimuler ses sinistres antécédents, le : je vais l'interroger! du commissaire, lui eut indiqué qu'il fallait à tout prix se défendre.

Ce : je vais l'interroger! était un : garde à vous! en règle.

L'ivresse de l'absinthe est de tous les abrutissements humains celui qui entame le plus l'économie physique et l'économie morale. Un homme qui s'est enivré avec de l'absinthe reste sous le coup de l'anéantissement pendant de longues heures et l'on a vu des cas de folie se déclarer spontanément après une seule absorption à haute dose de la liqueur verte.

« L'année 1819 m'a nourri d'absinthe, a dit » Joseph de Maistre, tout s'éteint autour de » moi. » On ne saurait dire mieux en moins de mots. Tout s'éteint autour de soi! tout! tout! absolument tout! L'air que l'on respire devient pestilentiel, épais, fétide. On corrompt sa zône respirable : objet de dégoût pour soi-même, on le devient promptement pour les autres. Sans cesse en dehors du courant intelligent, on perd l'habitude d'écouter et la faculté d'entendre; la parole s'empâte, les yeux s'injectent de filaments jaunâtres, le teint blémit, la face s'allonge, le front se dépouille, les dents se déchaussent.

Puis le dos se courbe, les membres s'amaigrissent, les jambes tremblent. Le mutisme succède à la surdité et l'accompagne. L'imbécillité remplace la tristesse..

Tel n'était point encore le cas de Taxile Barbade.

Il était simplement gris comme un Polonais, parce qu'il avait bu comme un Suisse.

Il n'entendait que vaguement et ainsi qu'un bourdonnement les mots prononcés par l'agent et le commissaire. Mais chaque fois que le mot coucou ou l'onomatopée tic tac arrivaient à ses oreilles, ils renouaient le fil de ses idées interrompu au moment où il était allé chercher Clodomir.

Le tic tac et le coucou, le coucou et le tic tac le tourmentaient.

Enfin, le commissaire s'écria de sa voix la plus aigre :

— Vos nom, prénoms et qualités ?

— Tic tac ! tic tac ! répondit Barbade.

— Ne cherchez pas à détourner nos soupçons légitimes ; nous savons déjà qui vous êtes.

— Tic tac ! tic tac ! fit de nouveau l'étudiant.

— Voyons, reprit le commissaire, voyons,

n'aggravez pas votre situation par une dissimulation coupable! Dites-moi vos nom, prénoms et qualités?

— Qui je suis? répliqua l'étudiant en médecine; qui je suis? je suis Coucou.

— Comment Coucou.

— Oui! Coucou, fils de Coucou, voisin de Coucou!

— Et que faites-vous?

— Je fais tic tac! tic tac!

— Vous persistez à vous moquer de moi?

— Tic tac! tic tac! continua Barbade.

— Je vais vous envoyer au dépôt de la Préfecture. Et là nous verrons bien si vous continuerez vos menées criminelles. En attendant, je vais descendre et faire les constatations nécessaires pour envoyer votre victime à la morgue; car, je le sais, vous avez assassiné cette nuit ce Clodomir avec le cadavre duquel on vous a arrêté cette nuit.

— C'est que... interrompit l'agent se mêlant directement à la conversation.

— C'est que quoi? répliqua le commissaire.

— C'est que ce n'est pas tout à fait un cadavre, ce qui est en bas.

— Comment pas tout à fait?

— Non, ce n'est pas un cadavre, ce n'est qu'une manière de cadavre, comme j'avais tout à l'heure l'honneur de le faire observer à M. le commissaire.

— Qu'entendez-vous par une manière de cadavre? s'écria le commissaire à la fois honteux et colère de s'être laissé abuser par un simple agent de police.

— J'entends un *esquelette*, mon commissaire.

— Comment, un squelette?

— Oui, mon commissaire, un *esquelette* empaillé, sauf votre respect.

— Apportez-le dans mon cabinet! répondit le magistrat d'un ton digne.

Au moment de laisser son supérieur seul avec un criminel de la plus dangereuse espèce, l'agent de police hésita un instant. Ce ne fut que sur un geste plein de dignité et de confiance en soi que lui adressa le commissaire qu'il se décida à aller chercher Clodomir.

Le commissaire était devenu rêveur, il voyait s'échapper l'espoir d'une capture importante. L'avancement qu'il désirait, la demi bourse qu'il sollicitait pour son fils au collége Henri IV, tout cela s'évanouissait comme une fumée, parce que Taxile Barbade n'était pas un criminel, un criminel de la plus dangereuse espèce. Volontiers, par excès de zèle et d'égoïsme, le digne officier de police se fut arraché les cheveux parce qu'il y avait sur la terre un juste de plus qu'il ne l'espérait.

Cependant Taxile Barbade ne bougeait point.

L'œil fixé sur l'horloge placée au dessus du bureau du commissaire, il la considérait avec une fixité désespérante et suivait attentivement les mouvements des aiguilles. Tout à coup il se leva comme s'il eut été poussé par un ressort et s'écria :

— Elle fait tic tac, tic tac, c'est la sœur du coucou ! C'est la sœur du coucou !

— Ouais ! pensa le commissaire, est-ce que j'aurais véritablement affaire à un fou?

Sur ces entrefaites, l'agent de police rentra portant Clodomir dans ses bras. Aussitôt que l'étudiant en médecine aperçut le squelette du phénomène, il s'élança pour le prendre et probablement le serrer sur son cœur; mais le sergent de ville n'était point disposé à se séparer de Clodomir; il repoussa d'une main ferme les agressions de Taxile Barbade et de l'autre il passa au commissaire le corps du délit.

— Ah ça ! fit le magistrat décidé à tancer vertement son subalterne ; ah çà ! qu'est-ce que vous

me chantiez tout à l'heure avec votre cadavre?
Ceci est une pièce d'anatomie, pas autre chose.
Ce n'est point un cadavre! Cela est même fort
curieux, ajouta le commissaire qui se piquait
d'érudition et qui appartenait à la grande classe
des gens dévoyés; cela est même fort curieux,
fort curieux, ma foi! un enfant bicéphale...

— Vous le connaissiez? interrompit l'agent.

— Imbécille! répliqua l'officier de police
haussant les épaules et il continua : Il n'en
existe que deux; l'un au musée d'histoire naturelle de Berlin, l'autre à la foire de Saint-Cloud.
C'est sans doute ce dernier que cet homme a
dérobé et qu'il cherchait à soustraire à tous les
yeux.

Et le brave commissaire, qui avait pâli en
voyant disparaître la réalité d'un bon petit assassinat, sourit à l'espérance d'un bon petit vol.

Tout à son idée de rentrer en possession de
sa propriété, Taxile Barbadc, entêté par l'ivresse,
se mit à gourmer l'agent de police.

— Attachez ce brigand! fit le commissaire.

— Vous voyez bien, répliqua l'agent, que je
ne me trompais point.

— Faites ce que je dis et ne répliquez pas!
ordonna majestueusement l'officier de police.

4

En cinq secondes Taxile Barbarde fut ficelé comme un saucisson de Lyon. Les agents du service de la sûreté française ont une réputation européenne pour ces sortes d'opérations. Un constable anglais, un sbire autrichien s'inclinent devant les procédés de saucissonnage de la police parisienne.

Bien qu'il n'eut pas conscience de sa situation, l'étudiant en médecine subit dans ce choc une réaction heureuse qui remit sa raison dans la bonne voie.

— Qu'est-ce que vous me voulez ? dit-il.

— Nous voulons d'abord que vous restiez en paix.

— Pourquoi me liez-vous les pieds et les mains ?

— Parce que vous êtes un fou ou un voleur, répliqua le commissaire.

— Ou un assassin, ajouta l'agent, qui tenait à sa première idée.

— Paix ! dit le magistrat, et il répéta : un fou ou un voleur !

— Un fou ! moi, fou ! s'écria Barbade.

— Préférez-vous être un voleur ?

— Ni l'un ni l'autre, hurla le Marseillais auquel le danger rendait peu à peu toute son intelligence.

— Alors, dit le commissaire, expliquez-vous!
D'abord, comment vous nommez-vous?

— Taxile Barbade.

— Taxile Barbade de Marseille?

— Oui.

— Vous êtes fils de Marius Justin qui a ﹣
épousé?...

— Dorothée Virginie Darousseau.

— De Montauban?

— C'est cela même.

— Mais j'ai beaucoup connu monsieur votre
père, fit poliment le commissaire; donnez-vous
donc la peine de vous asseoir.

Et il fit signe à l'agent de dénouer les cordes
qui attachaient le fils de Marius Justin Barbade
de Marseille.

V

Le commissaire n'était pas Marseillais, il était natif de Saint-Denis, près Paris. Ce qui n'empêchait point qu'il eut été fort lié dans les temps avec Justin Marius Barbade. Je n'étonnerai personne en ajoutant qu'ils avaient fait leurs *farces* ensemble. Pour être commissaire on n'en est pas moins homme et par conséquent l'on a eu une jeunesse plus ou moins orageuse.

Et ce n'était point un orage, mais une véritable tempête qui avait soufflé sur les jeunes années du vieux commissaire ; une tempête à la fois longue et terrible. Il avait acquis dans le

4.

commerce de la vie une grande indulgence pour
les choses et les gens, indulgence qu'il n'appli-
quait du reste qu'en dehors de ses fonctions de
magistrat. Or, du moment que Taxile Barbade
n'était ni un assassin, ni un voleur, mais bien le
fils de son ancien compagnon de plaisirs, Justin
Marius, il pouvait user avec lui de cette bienveillance d'homme privé et dépouiller à son égard
les airs rogues et pointus de l'officier de police.

— Et alors, fit le commissaire, on se porte
bien chez vous?

— La mère est morte depuis deux ans.

— La digne dame! répliqua simplement le
vieil officier de police : Et le papa, est-il toujours
gaillard?

— Le père, dit Taxile, le père irait bien s'il
n'avait pas la jambe gauche paralysée.

— Ça doit bien le gêner, fit observer le commissaire, lui autrefois si remuant, un vrai sal-
pêtre. Mais ce n'est pas de tout cela qu'il s'agit,
mon cher enfant, vous vous êtes grisé hier.

— Oui, répondit Taxile, un peu honteux.

— Il n'y a pas de mal à cela, il faut acquérir
de l'expérience. *Fabricando fit faber*, ajouta le
magistrat pour montrer que l'âge n'entamait pas
son érudition; *fabricando fit faber*, mon cher en-

fant ; c'est à force de se griser que l'on apprend à
supporter le vin. Si je n'avais jamais bu que de
l'eau, mon enfant, un verre de vin me coucherait
par terre, tandis que..... mais il ne s'agit pas de
tout cela, comme je vous le disais il n'y a qu'un
instant. Vous déjeunerez tout à l'heure avec moi,
je vous donnerai de bons conseils et je vous ferai
boire de hauts crûs. Deux choses qui ne sont
pas à dédaigner, ma foi !

Une conversation commencée sur ce ton entre
un commissaire de police et un délinquant ne
peut se terminer que par l'élargissement du dernier sur l'ordre du premier. C'est ce qui arriva
en effet. Taxile Barbade recouvra sa liberté après
un bon déjeuner, et comme le brave commissaire
s'était fait expliquer pourquoi le jeune Marseillais
se promenait de nuit avec Clodomir, il advint que
l'ancien compagnon de fredaines de Marius Justin
ouvrit sa bourse à Taxile et que celui-ci y puisa
avec la modération d'un étudiant en médecine
insoucieux de l'avenir.

Cependant le commissaire ne voulut point que
la morale fut complétement exclue de la causerie
intime du déjeuner et il recommanda, comme
dernier conseil, à son nouvel ami de ne plus jamais boire d'absinthe lorsqu'il voudrait s'enivrer,

mais d'avoir recours au vin, beaucoup moins dangereux pour la santé et dont, ajouta le digne magistrat, on peut absorber une bien plus grande quantité.

Lorsque Taxile se retrouva sur le pavé du quartier latin riche de cinq napoléons qu'il devait au commissaire de police du dit quartier, son premier soin fut de ramener Clodomir à la maison.

Comme il montait l'escalier qui conduisait à son n° 13, Mlle Rosinette descendait, son petit panier sous le bras, pour aller faire ses provisions. Les gens qui nient le magnétisme, les pressentiments, l'électricité humaine, se refuseront à croire qu'en s'apercevant mutuellement, Taxile et Mlle Rosinette poussèrent dans le fin fond de leur conscience deux petits cris muets équivalant aux deux phrases suivantes :

— Mon voisin !

— Ma voisine !

Pourtant ils ne portaient point écrits sur leurs fronts les numéros de leur chambre. Mais dans la logique des grisettes et des étudiants, un joli garçon ne saurait demeurer qu'à côté d'une jolie fille et *vice-versà*.

— Un beau brun ! soupirèrent les yeux de Rosinette à l'oreille de son petit cœur.

— Une blonde ravissante! dirent les sens de Taxile à son épiderme.

L'étudiant en médecine se rangea pour laisser passer la grisette. L'escalier était étroit, très-étroit — le terrain est si cher que MM. les architectes n'ont point mauvaise grâce à le ménager dans leurs constructions — l'escalier était donc très-étroit; la jupe de Rosinette frôla le corps de Taxile, et c'est comme cela que Taxile devint éperdument amoureux de Rosinette.

Un cœur de Marseillais ne s'enflamme pas à demi, il suffit de l'approcher du feu pour qu'il éclate. Taxile eut envie de tomber aux genoux de la princesse de ses rêves et de lui demander incontinent sa main. Ce ne fut point la crainte d'être repoussé qui le retint, mais l'air moqueur et mutin de la jeune fille. Il eût peur qu'un éclat de rire répondît à sa déclaration, et puis il n'avait pas fait sa barbe. Clodomir d'ailleurs l'eut gêné dans sa pantomime et Taxile tenait avant tout à sa dignité.

Il continua donc son ascension, non sans avoir regardé à plusieurs reprises par-dessus la rampe pour entrevoir encore les brides du bonnet de sa voisine. Clodomir une fois réinstallé sur la planche de la bibliothèque qui lui servait de lit,

Taxile songea à sa situation et se rappela enfin que la veille il avait laissé en plan plusieurs Marseillais au café d'en face, sous prétexte d'aller chercher l'argent nécessaire pour solder la consommation. Il n'était guère admissible que ses compatriotes l'eussent attendu pendant vingt heures, mais il était plus que probable, qu'ils devaient être très-froissés du procédé dont il avait usé, quoiqu'involontairement, à leur égard.

Les gens du midi ont la tête près du bonnet, et Taxile se disait que si un Marseillais se permettait de le *faire aller* ainsi, cela ne se passerait pas en conversation. Mais comme son âme était inaccessible à la crainte et qu'il était d'ailleurs très-fatigué par ses aventures et son déjeuner, il s'étendit tout habillé sur son lit et s'endormit profondément.

Les vins généreux du commissaire, la rencontre de Mlle Rosinette et un reste de griserie avaient probablement disposé ses organes auditifs à l'indulgence, car le tic tac du coucou, au lieu de le choquer et de l'horripiler comme la veille, lui parut harmonieux. Il lui sembla même que ce tic tac produisait une musique délicate et qu'il dégotait le fort premier ténor du grand théâtre de Marseille. Éloge pompeux et qu'apprécieront à sa juste valeur tous ceux qui connaissent le fanatisme des Marseillais en particulier et des provinciaux en général pour les artistes de leur ville natale !

Les habitants de Toulouse, notamment, se font remarquer par cette monomanie qui est poussée chez eux jusqu'à la rage, et je plains les imprudents qui auraient l'audace de leur soutenir que l'on joue mieux la comédie à Paris que dans leur antique cité.

Lorsque Taxile se réveilla, le coucou marchait toujours ; Mlle Rosinette chantait à pleine gorge comme un pinson :

Je vais à titi lariti !
Je vais à tonton lariton !
Je vais à la fontaine
Pour cueillir du cresson !
　Titi lariti !
　Tonton lariton !
Je vais à la fontaine
Pour cueillir du cresson !

et l'on cognait violemment à la porte du n° 13.

— Entrez! cria Taxile, la clef est sur la porte.

La porte tourna sur ses gonds et donna accès aux Marseillais avec lesquels le jeune étudiant en médecine s'était enivré la veille. Ce n'était point pour le féliciter de sa politesse — non, croyez-le bien — qu'ils venaient tous les trois trouver Taxile, mais bien au contraire pour lui chercher querelle.

— On ne se moque pas de nous impunément, dit le premier.

— Nous n'aimons pas à poser, ajouta le second.

— Sais-tu que le fils de ton père est un triple polisson? fit le troisième accentuant son mécontentement.

— Si c'est exprès pour me dire cela que vous êtes venus, répliqua sèchement Taxile, ce n'était pas la peine de vous déranger.

— Ouais! reprit le troisième qui paraissait le plus animé; on rencontre des amis sur la rue; on les invite à prendre de l'absinthe et on les lâche comme des rien du tout; çà n'est pas admissible. Je te le répète, tu es un polisson!

— Tu n'as pas besoin de me le répéter, s'écria Taxile ripostant en lançant un traité de thérapeutique à la tête de son interlocuteur.

L'insulte était flagrante. De part et d'autre il y avait des torts incontestables et que personne ne contestait; il n'y avait pas lieu d'arranger l'affaire. D'ailleurs, entre Marseillais, c'est comme entre militaires, une insulte doit être vengée, une querelle doit être vidée avant le coucher du soleil.

Il était trois heures et demie, Taxile descendit avec ses trois pays. En passant devant son ancien hôtel, il prit une paire de camarades et des fleurets de combat et l'on partit en deux fiacres pour le bois de Meudon. Mais avant de s'éloigner de son n° 13, Taxile s'était approché de la cloison qui le séparait de la jolie blonde et il avait déposé sur le mur un baiser, baiser d'adieu ou baiser d'espérance ; et jusqu'en bas de l'escalier, il suivit la cadence du coucou et la voix de la jolie blonde qui chantait :

> Ou vas-tu Madeleine,
> Si loin de ta maison ?
> Je vais à titi lariti,
> Je vais à tonton lariton.
> Je vais à la fontaine
> Pour cueillir du cresson !
>   Titi lariti,
>   Tonton lariton !
> Je vais à la fontaine
> Pour cueillir du cresson'

VI

Le fiacre que Taxile Barbade avait pris portait le n° 1313 ; c'était un vendredi 13 et, circonstance bonne à noter, l'un des témoins de Taxile louchait légèrement. Il faut croire qu'il était écrit là-haut que tous ces pronostics fàcheux ne porteraient point malheur à Taxile, puisque le fiacre dans lequel se trouvaient son adversaire et ses témoins, le n° 422, — numéro aimable et de bon augure s'il en fut jamais — le fiacre n° 422 versa et que le Marseillais chatouilleux se cassa la cuisse.

En homme bien élevé, Taxile offrit sur le

champ à l'un des témoins de la partie adverse de se couper la gorge avec lui, mais l'accident arrivé à l'un des acteurs principaux de la petite fête avait jeté du froid dans les esprits. Les témoins du blessé se récusèrent et Taxile rentra au logis un peu honteux de l'émotion sans résultat qu'il avait ressentie, mais au demeurant très-content de s'en être tiré sans danger couru.

Mlle Rosinette chantait toujours, et comme son répertoire était excessivement varié, elle avait renouvelé sa chanson. Par un hasard que je ne craindrai pas de qualifier de providentiel, elle chantait :

> Mire dans mes yeux tes yeux,
> Gentille brunette;
> Mire dans mes yeux tes yeux,
> Tes jolis yeux bleus,
> Tes yeux! tes yeux!
> Tes jolis yeux bleus!

Or, Taxile Barbade qui possédait tous les talents, jouait admirablement l'air de cette jolie chanson sur le cornet à pistons. Il ne jouait que celui-là, mais il le jouait presqu'aussi bien qu'Alary.

Tirer son instrument de sa boîte, y assujétir l'embouchure, ce fut pour notre amoureux l'af-

faire d'un instant, et comme la jolie fille continuait sa chanson, il fit chanter à son piston :

> Tata ra tata tata
> Tatara ta tère.
> Tata rata tata,
> Tata ra tata.
> Tata tata,
> Tata ra tata.

— Tiens ! pensa Rosinette, le voisin qui joue
de la corne !

L'éducation de la jeune fille était fort négligée
et dans son naïf langage elle comprenait sous la
désignation de corne toute la famille si nom-
breuse des instruments à vent.

Taxile s'arrêta pour souffler, mais Rosinette
ne chantait plus. On n'entendait plus que le tic
tac railleur du coucou de la voisine.

— Sapristi ! fit-il, insensible aux accords de
la lyre, c'est incroyable ! Jamais, au grand
jamais, je n'ai rencontré une grisette aussi ré-
calcitrante.

Et il prit une soudaine résolution — une de
ces résolutions épiques qui illuminent le cerveau
des grands capitaines et des perpétreurs de tra-
gédie.

Il fit sa barbe ;

5.

Changea de linge ;

Passa un pantalon à carreaux écossais ;

Un gilet de cachemire d'Écosse bleu de ciel à boutons de métal ;

Et un paletot noisette.

C'était sa toilette de cérémonie.

Il ne faut pas discuter des goûts et des couleurs. Tous les goûts sont dans la nature : « le meilleur est celui qu'on a », dit la sagesse des nations. Toutes les couleurs sont dans l'arc-en-ciel, les plus jolies sont celles que l'on préfère. Notre Marseillais aimait les tons criards et prétendait que le noir n'était pas habillé. Affaire de tempérament.

Ainsi vêtu d'un morceau dérobé au soleil, la moustache soigneusement lissée, Taxile sortit de sa chambre et alla frapper à la porte de sa voisine.

— Entrez, lui répondit une voix fraîche, la clef est sur la porte.

Adorable sécurité : la clef est sur la porte ; la vertu gardée par la confiance. Taxile entra.

— Mademoiselle, fit-il en saluant d'un air à la fois modeste et convaincu, j'ai l'honneur d'être votre voisin.

— Monsieur, répliqua la grisette, que puis-je pour votre service ?

— Ah! voilà, dit Taxile prenant un siège qu'on ne lui offrait pas, ce sera assez long à vous expliquer.

— Vraiment! répondit Rosinette.

Taxile se recueillit un instant en regardant le coucou qui chantait toujours son éternel tic tac, puis il reprit en le désignant du doigt :

— Ce meuble vous vient-il de vos ancêtres ?

— Pourquoi cette question? fit la grisette.

— C'est que si vous n'y teniez pas énormément je vous offrirais de vous l'acheter.

— Mon dieu! dit Rosinette ne sachant où son voisin voulait en venir, j'y tiens et je n'y tiens pas. J'y tiens parce qu'il m'indique l'heure très-exactement...

— Trop exactement! interrompit Taxile.

— Très-exactement, répéta la jeune fille. Et je n'y tiens pas parce que si je le vendais j'en achèterais un semblable.

— Si je vous l'achetais, ce serait à la condition que vous ne le remplaceriez pas.

Mais avant de continuer le récit de la conversation si singulièrement engagée entre Taxile et Rosinette, il n'est peut-être pas absolument inutile de donner la description exacte de ce coucou qui tient tant de place dans cette histoire.

C'était un coucou originaire de la Lorraine, où l'on en fabrique presque autant qu'en Allemagne. Le fronton de son cadran, en fer blanc peint à l'huile de couleurs aussi criardes que le vêtement à manger le rôti du Marseillais, représentait Phœbus ouvrant les portes de l'Orient. Phœbus portait sur la tête un casque de pompier, une ceinture de plumes assez semblable à celles des sauvages de l'Opéra-Comique et à la main un bouquet de coquelicots bleus, fleurs rares qui ne fleurissent que sous le pinceau des peintres naïfs de village. Les aiguilles en cuivre étaient retenues au cadran par un bouton également en cuivre représentant un masque de Méduse. Quant aux poids, aux chaînes et autres engins, ils étaient conformes à l'ordonnance et à la tradition.

Bien que Rosinette fut gentille à croquer et que le cœur de Taxile eut des dents aigues et un appétit à digérer toutes les grisettes du quartier latin, notre Marseillais ne pouvait détacher son regard du bouton de cuivre en forme de Méduse. Il lui semblait qu'il lui tirait la langue, que les aiguilles s'arrondissaient lentement comme des bras, que leurs pointes acérées se divisaient en doigts, et que bras et mains se réunissaient pour lui adresser des pieds de nez et autres gestes inconvenants si familiers aux gamins de Paris.

Puis subitement l'aspéct du damné bouton changeait. Il prenait des proportions démesurées; sa gueule s'ouvrait grande comme un four et Taxile s'y sentait attiré, puis broyé; mais cela ne lui faisait aucun mal et peut-être même y prenait-il un plaisir extrême.

La philosophie ne devant rester étrangère à aucune des observations d'un auteur consciencieux, nous ferons remarquer au lecteur que ce bouton de cuivre est l'image de la sagesse que la providence a placée dans notre âme pour nous avertir chaque fois que nous tentons quelque chose. Nous n'écoutons pas toujours la voix intérieure qui nous crie : casse cou! Nous obéissons rarement aux pressentiments qui nous raillent et nous font des pieds de nez; nous obéissons encore moins aux avertissements sombres et terribles, parce qu'à côté de la sagesse il y a les passions et qu'à côté du coucou de Rosinette il y a toujours Rosinette, et qu'il est meilleur de regarder un joli petit minois rose et frais que de s'acharner sur la vue d'un vilain coucou lorrain.

Ceci dit, revenons à l'entretien de Taxile et de Rosinette.

— Et pourquoi, répondit cette dernière à la proposition restrictive de son interlocuteur, voudriez-vous m'empêcher d'avoir un coucou?

— C'est que, fit galamment le Marseillais, si vous vouliez me céder votre coucou, je vous donnerais en place une délicieuse pendule en albâtre représentant deux colombes se becquetant sur un bucher, images fidèles de l'amour qui pourrait nous unir, si vous le permettiez.

— Monsieur! dit Rosinette d'un ton pudique.

— Mademoiselle, répliqua Taxile tombant à genoux, je vous adore.

— Monsieur, j'aime mieux croire que vous êtes fou qu'insolent, mais si vous continuez j'appelle le propriétaire qui saura bien, lui, vous mettre à la raison.

— Le propriétaire! fit Taxile d'un air incrédule.

— Oui, monsieur, le propriétaire.

— Puisque le coucou vous appartient, le propriétaire n'a rien à voir dans tout ceci.

— Dans le coucou soit, mais dans l'amour, c'est autre chose.

— Et bien, dit Taxile, parlons du coucou!

— Je ne veux pas vendre mon coucou.

— Voulez-vous me le prêter?

— Qu'est-ce que vous prétendez en faire?

— Le réduire au silence parce qu'il m'empêche d'entendre vos délicieuses chansons.

— Il me semble, monsieur, répliqua Rosinette avec dignité, qu'un voisin qui joue de la corne est mal venu à se plaindre d'une voisine qui a un coucou.

— De la corne? fit Taxile étonné.

— Oui, monsieur, de la corne, et qui encore se moque de moi sur sa corne.

— Je me moque de vous sur ma corne!

— Oui, monsieur, sur votre corne.

— Sur quelle corne?

— Sur la corne avec laquelle vous faites taratata.

— Ah! dit le Marseillais comprenant enfin, vous appelez cela une corne, le cornet à pistons, l'instrument à la mode, la trompette des dieux.

— Que ce soit corne ou cornet, avec ou sans pistons, répondit la grisette, peu m'importe, je n'aime pas qu'on me nargue en musique.

— Voulez-vous me céder votre coucou? reprit Taxile.

— Non, non, mille fois non, fit Rosinette en frappant le parquet de son petit pied.

— Alors, mademoiselle, dit bravement le Marseillais, puisque vous repoussez mon amour, puisque vous ne voulez pas me céder votre coucou, permettez-moi de vous demander une grâce que vous ne sauriez me refuser sans y mettre de la mauvaise volonté.

Rosinette se tut comme pour attendre. Taxile continua :

— Votre coucou est sur mon mur autant que sur le vôtre, changez-le de place, mettez-le sur le mur de votre autre voisin.

— Impossible.

— Impossible! et pourquoi cela?

— Parce qu'il y a un mois il était sur ce mur-là et qu'à la demande de mon autre voisin je l'ai placé sur le mur de votre chambre.

Taxile comprit qu'il n'y avait pas lieu d'insister davantage et il se retira en emportant l'espérance de revenir bientôt.

VII

Je ne sais, ami lecteur, si votre chapelier,
votre tailleur et votre cordonnier vous ont toujours livré des chapeaux, des habits et des
chaussures parfaitement à la mesure de votre
tête, de votre corps et de vos pieds. Je n'en
sais absolument rien, mais je me berce du doux
espoir que ces honorables artisans — je parle
de votre chapelier, de votre tailleur et de votre
cordonnier — ont quelquefois manqué les objets
que vous leur aviez commandés.

Je me berce de ce doux espoir, parce que s'il
devait être déçu, vous ne comprendriez qu'à

6

moitié le raisonnement que je vais vous tenir.

Le chapeau qui serre trop la tête, l'habit qui gêne aux entournures, le soulier qui blesse le pied sont, je crois, de ces désagréments, médiocres en apparence, qui engendrent de grandes calamités. Un poète dont le cerveau se trouverait comprimé par un gibus imparfait confectionnerait des odes sans valeur ; un orateur qui serait retenu dans un habit trop étroit manquerait de chaleur, et je ne crains pas d'ajouter que des bottes trop courtes ont fait avorter plus de mariages que M. de Foy, l'inventeur de la profession matrimoniale, n'en a conclu dans toute sa longue carrière.

J'ajouterai qu'il eût mieux valu pour Taxile que son chapeau gris à longs poils fut défectueux, que son paletot noisette l'étouffât, et que ses souliers imitant parfaitement la botte le blessassent, que d'être condamné à vivre dans le voisinage du coucou de Rosinette.

Je n'entreprendrai pas de vous raconter ici dans tous leurs détails les désastres qui assaillirent notre héros à partir de ce jour, je vous les énumérerai succinctement.

En quittant la chambre de Rosinette, il voulut

rentrer dans la sienne, le tic tac du coucou l'y poursuivit.

Il n'avait d'autre refuge que le café, il s'y rendit.

Il y rencontra mademoiselle Greluchette, surnommée la *grenouille à vapeur*, à cause de l'élégance de ses manières et de la distinction de sa chorégraphie.

Il se lia avec elle par des liens de consommation variée.

Il lui acheta une robe à 2 fr. 75 c. le mètre qui nécessita un voyage de *Clodomir* à la rue des Blancs-Manteaux.

Il s'endetta de six cent quatre-vingt-dix-neuf francs 39 centimes au café où il avait fait la rencontre de la dite *grenouille à vapeur*.

Enfin il négligea complètement l'étude de la physiologie, de la thérapeutique, de la chirurgie et de la médecine légale, mais en revanche on le cita dans le quartier latin comme un modèle d'élégance.

Cependant il n'avait pas fallu plus de six semaines à Taxile pour atteindre ces brillants résultats ; les vacances arrivaient et il écrivit à son père qu'il était absolument nécessaire qu'il les passât à Paris pour le bien de ses études. Qu'eût fait Mlle Greluchette, dite la *grenouille à vapeur*, si Taxile se fut envolé vers les rives de la Méditerranée?...

Mlle Rosinette n'avait pas oublié la visite de son voisin. Malgré l'extravagance de ses discours et la cocasserie de son costume, la jolie brodeuse n'avait pu s'empêcher de s'apercevoir pour la seconde fois que Taxile était un bel homme. Il lui avait dit qu'il l'aimait et cela fait toujours plaisir de s'entendre dire ces choses-là, même lorsqu'on est sage. Bien souvent en lançant dans l'air sa gaîté et ses chansons, elle s'était arrêtée pour écouter si le cornet à pistons du voisin n'allait pas les répéter; son cœur avait besoin d'un écho; elle ne s'en doutait peut-être pas elle-même, mais la grande et souveraine voix de la nature parlait en elle plus haut et plus fort que sa volonté de jeune fille.

Lorsque les vacances furent proches, elle apprit que son voisin du n° 15 partait pour son pays et que Taxile au contraire était déterminé à rester à Paris.

De son côté, Taxile retint la chambre du n° 15.

— Peut-être, se dit-il, ce damné coucou qui me force à sortir de chez moi, ce damné coucou qui m'a mis entre les griffes de cette *grenouille à*

vapeur que je n'aime pas du tout, mais là point
du tout, ce damné coucou qui, si je continue,
me brouillera certes avec mon père ne me poursuivra pas. Je pourrai peut-être travailler et avec
le travail reviendra le calme.

Le soir du 21 août, comme il remontait à minuit prendre possession de son n° 15, désormais
à lui par suite du départ de son ex-propriétaire,
il rencontra Rosinette dans l'escalier.

— Monsieur le Marseillais, lui dit-elle, mon
voisin a déménagé, j'ai changé le coucou de
place, il est maintenant sur le mur du n° 15,
vous ne l'entendrez plus.

Taxile pensa que c'était la volonté de Dieu,
et retourna au café retrouver la *grenouille à vapeur*, avec laquelle il s'était disputé pour tenter
de recouvrer son libre arbitre.

6.

VIII

Le brave commissaire dont Taxile avait fait la rencontre si opportunément au moment où un agent de police l'accusait d'assassinat, était fort étonné que le fils de Justin Marius — un joyeux drille — ne fut point revenu le voir.

Ce n'était pas à cause des quelques louis que Taxile lui avait empruntés que le digne homme s'étonnait. Son indulgence ne s'offusquait point outre mesure de ce qu'un débiteur de vingt ans ne se montrât pas absolument rigoureux dans ses échéances. Dans ses administrés, il comptait pas mal d'étudiants et il savait par expérience que les nuits passées chez la rotisseuse ou chez Magny, en joyeuse et aimable compagnie, coûtent gros et n'empêchent pas toujours le travail. C'est un heureux privilége de la jeunesse de posséder assez de santé pour mener de front les plaisirs et les études. Il s'inquiétait surtout parce qu'il avait vu Taxile en état d'ivresse et que l'honnête magistrat, habitué à sonder journellement bon nombre de plaies sociales, redoutait que le vice de prédilection de son jeune ami fut l'ivrognerie.

Par une discrétion qu'il faut constater, car elle est rare chez les gens de police, il n'avait point demandé à Taxile son adresse. Il lui eût été facile de la faire rechercher par l'agent qui passe chaque jour dans les hôtels garnis pour s'assurer que les prescriptions de la préfecture sont suivies, mais là encore le commissaire usa de savoir-vivre. Le contact des hommes de la préfecture est une souillure indélébile : un agent ne prend pas un renseignement sans rédiger une note ; il ne rédige pas une note sans la communiquer à qui de droit. Or, le qui de. droit est un vaste casier où sont classés par ordre alphabétique les noms de tous ceux dont la police a eu à s'occuper même pendant cinq secondes. Pour

donner une idée de la prévoyance et de la générosité en cette matière de l'administration qui
veille à la sûreté publique, il suffit de savoir que
les casiers de la préfecture commencés en 1804
qui ne sont ni des répertoires de procès-verbaux
ni des sommiers judiciaires, contiennent deux
millions cinq cents et quelques milles fiches cor-
respondant chacune à un individu différent. Car
chaque fois qu'une personne signalée une première fois est l'objet d'un nouveau rapport ou
d'une nouvelle mention, on transcrit sur sa fiche
le contenu de ce rapport ou de cette mention.
Tout individu qui a logé dans un hôtel est également noté, n'y eût-il logé qu'une nuit. Ce système d'inquisition permanente qui a souvent
servi utilement les recherches du parquet produit aussi parfois de déplorables effets et permet
à l'autorité de contrôler des actes de la vie privée des particuliers, actes qui devraient rester
secrets, car là où la société n'est pas directement
intéressée cesse la mission de la police.

C'est parce que le commissaire, ancien compagnon de plaisirs de Justin Marius Barbade, connaissait toutes ces choses sur le bout du doigt
qu'il se mit lui-même à la recherche du fils de
son ami.

Cette idée lui vint le 24 août au moment où il sortait de table.

Il prit sa canne, son chapeau, remit ses pleins pouvoirs à son secrétaire, ce qu'il ne manquait jamais de faire chaque fois qu'il partait pour une expédition lointaine.

Avec le flair certain d'un limier vieilli dans les affaires de ce genre, le bon commissaire pensa qu'un ivrogne ne pouvait fréquenter qu'un café.

Comme il partait toujours d'un principe, il fit le raisonnement suivant, en apparence très-malin, mais au demeurant très-naïf : Un ivrogne jeune ne se grise jamais seul, il n'y a que les vieux sangliers qui soient solitaires. Donc le jeune Taxile doit boire dans un café très-fréquenté ; de plus le drôle est Marseillais, c'est-à-dire qu'il a le sang chaud, le cœur et le tempérament faciles, en conséquence il recherche les endroits où le sexe beau ou prétendu beau domine ; enfin, il est étudiant en médecine, il doit avoir ses habitudes dans une tabagie médicale et cette tabagie est nécessairement le rendez-vous de tous les Marseillais de la faculté.

Il feuilleta ses souvenirs et comme ils étaient très-précis et qu'il possédait admirablement la topographie débauchée de son quartier, il se dit que Taxile ne pouvait être qu'au café d'*Hippocrate et de la Cannebière,* dont le titre, assemblage bizarre de deux noms qui juraient de se voir ainsi accouplés, indiquait suffisamment la clientèle.

C'était une honnête tabagie que ce café d'*Hippocrate et de la Cannebière.* Je dis honnête ; car tout s'y passait dans les règles de la plus stricte décence ; et la police, comme on le verra tout à l'heure, ne la surveillait que d'un œil demi-clos. Le mobilier n'en était pas élégant : le stricte nécessaire rien de plus, des tables, des banquettes et des tabourets garnis de velours. L'éclairage n'avait rien de saillant : le gaz en faisait tous les frais.

Mais, que voulez-vous? les étudiants marseillais le chérissaient, ce bouge, parce qu'on y respirait la fumée de tabac et l'air de la liberté.

Le commissaire entra dans le café le chapeau rabattu sur les yeux et se fit servir dans un des coins les plus obscurs un verre de fine champagne.

Le patron qui l'avait reconnu se dit :

— Oh! oh!

La demoiselle répondit à ce : oh! oh! par un ah! ah! aussi expressif; mais tous deux respectèrent l'*incognito* du magistrat. Les gens qui tiennent des établissements publics ont trop à craindre ou à attendre des officiers de la police pour jamais tenter de les contrarier dans leurs desseins ; d'ailleurs, ainsi que le fit observer fort judicieusement le maître du café à sa demoiselle de comptoir, si le commissaire ne voulait pas être reconnu, c'est qu'il avait ses intentions.

En cet instant Taxile demandait sa quatorzième canette ; il était arrivé à ce moment où la bière, boisson terrible pour les gens du midi, bouillonnait dans son estomac et obstruait son cerveau. Une ivresse pesante et féroce lui montait à la tête et paralysait sa raison. Il ne parlait plus, il déraisonnait ; il ne criait plus, il hurlait. On n'entendait plus que sa voix dans la tabagie placée sous l'invocation d'Hippocrate et de la Cannebière. Elle dominait même le timbre glapissant de la *Grenouille à vapeur*, et pourtant mademoiselle Greluchette possédait un instrument justement réputé dans le quartier latin pour le plus aigre, le plus perçant et le plus discordant galoubet féminin qui ait jamais résonné depuis les hauteurs de la Montagne Ste-Geneviève jusqu'au passage du Pont-Neuf.

Bien que Taxile fut bon, il avait l'ivresse méchante surtout ce soir-là, parce qu'il était en fureur :

1° Contre lui-même, pour mille raisons inutiles à déduire ici ;

2° Contre mademoiselle Rosinette, qui avait eu la malencontreuse idée de changer son coucou de place si mal à propos ;

3° Contre mademoiselle Greluchette, dite la *Grenouille à vapeur*, dont, pour la première fois depuis six semaines, les mœurs lui semblaient passablement décolletées ;

4° Contre l'hôte du *Parlement de Paris*, auquel il faisait remonter une partie de ses ennuis ;

5° Enfin contre le maître du Café d'Hippocrate et de la Cannebière, qui lui avait remis ce jour-là même un long mémoire, écrit en anglaise illisible par sa demoiselle de comptoir, mais dont le total très-évident accusait les 699 fr. 99 centimes ci-dessus relatés.

Avouons en passant que cela fait beaucoup de contrariétés pour un seul homme et qu'une tête mieux organisée que celle de Taxile y eût perdu son latin. Ce qui taquinait particulièrement le Marseillais, c'est que sur ce mémoire de 699 fr. 99 centimes la consommation de mademoiselle Greluchette figurait au moins pour les deux bons tiers. Malgré les artifices calligraphiques de la demoiselle de comptoir, malgré l'état d'ébriété

7

obtuse où il se trouvait et dont avait profité le maître du café pour lui remettre son mémoire, Taxile se rappelait fort bien qu'il n'avait jamais consommé, même en compagnie de mademoiselle Greluchette, les crevettes, les homards, les côtelettes jardinières, les poulets froids ou chauds qui émaillaient la liste — un petit volume — de ses dépenses de café.

Aux observations qu'il avait tenté d'adresser à son créancier, ce dernier avait effrontément répondu :

— Ce sont des consommations particulières à mademoiselle Greluchette.

Ce à quoi Mlle Greluchette avait ajouté non moins effrontément :

— Ce sont mes consommations particulières.

— Ce sont tes consommations particulières ! fit Taxile impatienté et haussant les épaules, il ne manquerait plus que tu me fisses payer celles de ton portier, de ton propriétaire et de tes amants.

— Insolent ! répliqua Mlle Greluchette en lançant un vigoureux soufflet à Taxile.

Cette demoiselle n'aimait pas qu'on parlât mal du prochain.

Taxile, au soufflet de Mlle Greluchette, riposta

par un autre soufflet d'une eau peut-être supérieure.

Il avait pour principe qu'il ne faut rien recevoir des femmes et que cela entache toujours la réputation de garder quelque chose à elles.

Les soufflets ne vont jamais isolément : Mlle Greluchette doubla le sien, Taxile récidiva. La lutte tourna au pugilat, et sans l'intervention bienveillante d'un ami du Marseillais qui lança à la tête de la Grenouille à vapeur le contenu d'une carafe, elle se serait fait tuer sur place ou elle aurait eu raison de son amant. Comme elle vit que les rieurs n'étaient pas de son côté, elle prit le parti de se trouver mal et de se payer le luxe d'une attaque de nerfs ; elle cassa le marbre d'une table, seize verres qui étaient dessus et allongea par mégarde un coup de poing sur l'œil d'un étudiant en droit qui voulait lui porter secours.

Mlle Greluchette tenait pour l'Ecole de médecine contre l'Ecole de droit, et rien au monde — même, dans les occasions les plus importantes de sa vie — ne l'eût distraite de ses convictions.

Cependant cette casse qui devait allonger encore la note de Taxile détendit légèrement les nerfs de la Grenouille à vapeur, et elle demanda un demi-punch au kirsch pour remettre ses sens.

A partir de cet instant, l'incident fut considéré comme vidé, et Taxile s'occupa sérieusement de noyer ses chagrins dans les canettes.

Le commissaire n'avait pas assisté à cette scène d'intérieur à la Teniers ; mais son instinct de policier ne le trompa pas sur la situation des personnages ; son jeune ami était entre les pattes d'une drôlesse dont il connaissait les exploits passés, et il se grisait pour oublier.

—Allons ! pensa-t-il, le petit n'est ivrogne que par occasion ; il n'y a que demi-mal. Faisons disparaître l'occasion et le petit se corrigera. Mais pourquoi diable ne suit-il pas mes conseils ? Je lui avais recommandé de ne boire que du vin lorsque l'idée lui viendrait de se griser ; pourquoi diable ingurgite-t-il de la bière à grands flots ? Il s'abîmera la santé, ce gamin, et ce serait dommage, car il est tout à fait avenant.

Brave commissaire !

Il n'est si bonne société qu'on ne quitte, disait le roi Dagobert à son chien, en le lançant par-dessus le parapet de la passerelle de Saint-Denis.

— Commençons, se dit le commissaire, par lancer par-dessus un pont quelconque Mlle la Grenouille à vapeur, nous verrons après.

La scène qui va suivre porte avec elle un enseignement que nous recommandons à tous les jeunes gens sans expérience du monde. Elle leur montrera le danger de fréquenter la mauvaise société.

Le commissaire frappa avec sa canne quatre petits coups secs sur le sol.

Ils étaient espacés d'une certaine façon et signifiaient dans une langue de convention des mots sans doute très-expressifs, car aussitôt qu'ils eurent été entendus, trois individus se levèrent de l'air le plus indifférent qu'ils purent prendre, regardèrent jouer au billard et en cinq minutes se trouvèrent réunis à proximité de la table où le commissaire buvait son petit verre de fin champagne.

A l'exception du maître du café et de sa demoiselle de comptoir, gens experts, personne ne préta attention à la manœuvre des trois particuliers que le signal des quatre coups de canne avait arrachés aux douceurs du journal du soir et de la demi-tasse de moka parfumé.

— « Enlever lestement la Grenouille à vapeur, » dit tout bas l'officier de police à l'un des trois hommes qui se baissait sur la table pour y prendre une allumette, « et si cela est fait proprement,

7.

si le jeune homme qui est avec elle n'est pas compromis, vingt francs de pourboire. »

Celui qui venait de recevoir cet ordre s'écarta en sifflant entre ses dents l'air du *Postillon de Mam'Ablou*, fort à la mode alors, et alla s'asseoir devant la porte du café à l'une des tables de la terrasse.

Ses deux acolytes continuèrent pendant quelques minutes à regarder les joueurs de billard, puis le rejoignirent. Lorsqu'ils furent réunis, ils causèrent à voix basse ; l'un d'eux se détacha. Cinq minutes après il revenait avec une voiture de place qui stationna à dix mètres de la porte du café. Une femme connue sous le nom de *Brin d'amour la manchotte* en descendit ; elle entra d'un pas délibéré dans l'estaminet d'Hippocrate et de la Cannebière ; elle marcha droit vers la table où M***ᵉ Greluchette absorbait le dernier verre de son punch au kirsch et elle lui parla bas à l'oreille ; la Grenouille à vapeur se leva, se pencha vers Taxile et lui dit : ·

— Je reviens dans un instant.

— Elle se dirigea vers la porte du café.

— Ne sois pas longtemps, lui cria l'étudiant en médecine.

— Cinq minutes, fit l'étudiante.

Comme elle mettait le pied sur le seuil, les trois hommes qui l'attendaient à la porte l'entourèrent, la voiture s'approcha, on l'y poussa. Un agent monta à côté d'elle, un autre à côté du cocher et le troisième après s'être assuré que le fiacre et son conténu voguaient en sûreté, rentra paisiblement dans le café comme si de rien n'était.

— Voilà des gaillards qui savent leur métier, pensa le commissaire et il ajouta : maintenant que le chien est par-dessus le pont, passons à Dagobert!

IX

Les circonstances firent que Taxile Barbade demeura une grande demi-heure sans s'apercevoir de l'enlèvement de sa tendre compagne. Il y a lieu de croire qu'elle ne lui tenait pas beaucoup au cœur, bien qu'il l'eût battue ce soir-là même, ce qui attache autant l'homme à la femme que la femme à l'homme. Nous lui devons cette justice de constater qu'il fut aidé dans son indifférence par une grave discussion qui venait de s'élever au sujet de la préférence à accorder à la bière de Strasbourg sur la bière de Lyon.

Tout le monde sait que les Lyonnais ont la

prétention de bien fabriquer la bière, tandis qu'ils n'y entendent absolument rien. Les bières parisiennes sont insipides, mais les bières lyonnaises sont indigestes ; les Belges, les Allemands et les Alsaciens savent seuls préparer d'excellentes bières. C'est à dessein que je passe sous silence les pale-ale, scotch-ale et autres ales anglaises ; leur prix élevé en fait des boissons de luxe inabordables pour les soifs inextinguibles des buveurs intrépides.

Taxile, qui déraisonnait parce qu'il était ivre, soutenait que la bière de Lyon était la meilleure, et blasphémait en tenant à la main un verre d'excellente bière de Strasbourg. Au milieu d'un discours éloquent qu'il débitait avec la faconde marseillaise, il s'arrêta tout à coup et, posant sa pipe sur la table, il dit d'un air où l'impatience paraissait encore moins que l'inquiétude :

— Tiens! la Grenouille qui n'est pas revenue !

— Elle est à Saint-Lazare, fit une voix de basse-taille.

— C'est bien là sa place, ajouta une dame de la société.

— Quelle y reste ! continua une autre, oubliant la mansuétude naturelle à son sexe.

Taxile n'aimait pas Greluchette, je puis même

vous affirmer qu'il ne l'avait jamais aimée. Il venait de lui administrer une correction vigoureuse ; si elle eût été là et qu'elle eût bronché, je crois qu'il n'aurait pas hésité à recommencer sa distribution de soufflets ; mais Taxile avait bon cœur. Il se leva, décrocha en tâtonnant son couvre-chef et dit :

— Je vais aller la réclamer.

— Où ça ? lui répondit-on.

— Chez le commissaire.

— Il t'enverra promener.

— C'est mon ami, fit Taxile ; il m'a prêté de l'argent.

— Et il sortit d'un pas majestueux, mais peu sûr.

C'est surprenant comme les ivrognes se respectent entre eux. Personne ne songea à s'opposer à la démarche passablement folle de Taxile qui, ivre mort, s'en allait se porter garant de la moralité d'une fille perdue. Personne n'éleva la voix pour révoquer en doute son intimité avec le commissaire. Personne enfin ne trouva extraordinaire qu'il fît ce qu'il voulait faire. Les femmes admirèrent son dévouement ; les hommes dirent : Après tout, c'est sa maîtresse, il lui doit aide et protection ; — et l'on continua à boire et à deviser.

Le grand air, la fraîcheur du soir, surprirent Taxile dès qu'il fut dans la rue. Les maisons commencèrent à tourner autour de lui ; un cercle de plomb lui étreignit le crâne ; il n'entendait plus les voitures, ne distinguait plus les passants ; il s'assit sur une borne ; il tombait dans le ruisseau si une main secourable ne se fût trouvée là qui le retint.

— Vous êtes dans un joli état, mon garçon, lui dit une voix, — la voix de basse-taille qui avait annoncé l'arrestation de Greluchette.

— Tiens ! répliqua Taxile regardant son sauveur ; tiens ! le commissaire ! Comme cela se trouve, j'allais chez vous.

Le commissaire était arrivé à temps pour sauver Taxile des hontes du ruisseau : il prit notre ivrogne sous le bras et lui demanda où il fallait le reconduire.

— Pas chez moi, fit le Marseillais d'un ton aviné ; pas chez moi, commissaire de mon cœur ; où vous voudrez, mais pas chez moi.

— Cependant, répondit le magistrat, dans l'état où vous vous trouvez, il me semble que votre lit est ce qui vous convient le mieux. Votre lit et une tasse de thé.

— Jamais ! dit Taxile, j'entendrais le coucou.

— Quel coucou? répliqua le commissaire; et se souvenant que déjà lors de sa première rencontre avec le fils de Justin Marius il avait été grandement question de coucou, il ajouta à part lui : Ah çà! est-ce que mon jeune ami ne serait pas seulement ivrogne mais insensé? Quel coucou? répéta-t-il à haute voix.

— Rosinette l'a changé de place, dit Taxile d'un air grave.

— Ah! fit le commissaire espérant qu'avec de la patience il obtiendrait quelques éclaircissements de son interlocuteur.

— Oui! elle l'a changé de place, et comme moi aussi j'ai changé de place, cela fait que nous sommes encore tous les deux à la même place.

— Vraiment! dit le vieux commissaire y mettant de la patience.

— Pas de chance! observa Taxile d'un air sentimental. C'est pourquoi je fuis mon domicile. Ah! je savais bien que j'avais quelque chose à vous demander, mon brave commissaire, reprit le Marseillais passant avec la facilité d'un ivrogne d'un sujet à un autre; j'allais chez vous pour vous demander quelque chose, quelque chose de grave; mais permettez-moi, avant, de te tutoyer; tu permets, n'est-ce pas?

— Certes ! entre amis.

— A la campagne, ajouta Taxile, la nuit, entre z'hommes ! tu me tutoieras aussi.

— Oui.

— Tutoie-moi que je voie !

— Eh bien ! raconte-moi ton histoire et celle de ton coucou, répondit complaisamment l'officier de police.

— Quel coucou ? fit à son tour Taxile.

— Le coucou qui a changé de place.

— Tu m'ennuies avec ton coucou ! répliqua l'étudiant, parlons de ce que je venais te demander.

— Parlons de ce que tu voudras !

— Permets-moi, avant, de t'embrasser, continua Taxile que l'air grisait à chaque instant un peu plus ; permets-moi de t'embrasser, mon bon commissaire.

— Allons ! fit le magistrat, embrasse-moi, mon fils, mais raconte-moi ton histoire.

— Tu connais la Grenouille à vapeur ? reprit l'étudiant après avoir serré tendrement le commissaire sur son cœur.

— Oui.

— Une belle fille !

Peuh !

— Une belle fille, répéta Taxile avec autorité ; pas de la première fraîcheur, brèche-dents, une fausse natte, un peu louchotte, le teint fané et l'haleine éclectique ; mais à part cela une belle fille !

— Après ?

— Comment, après ?

— Où veux-tu en venir ?

— Ah ! oui, fit l'étudiant ; qu'est-ce que je disais ? Tais-toi donc ! tu m'interromps toujours ! quel bavard tu fais !

— Je me tais.

— Tu vois bien que non ! dis-moi ce que je te disais.

— Au diable ! pensa le commissaire, je n'obtiendrai rien de ce gaillard-là ce soir. Le mieux est de le conduire chez moi. Demain il fera jour et nous causerons en déjeunant.

Et l'excellent homme emmena Taxile chez lui, le coucha dans son lit, lui fit avaler quelques gouttes d'ammoniaque sur du sucre et le veilla comme une bonne mère veille son enfant.

Le lendemain, en se réveillant, Taxile se frotta les yeux en se trouvant dans un lit à baldaquin en tapisserie. Sa tête encore alourdie par les fumées de l'ivresse ne lui analysait pas exactement sa situation physique; son cerveau lui refusait le service. Il appela; le commissaire, qui dormait tout habillé sur un fauteuil, s'éveilla :

— Eh bien, mon jeune ami, lui dit-il, cela va-t-il mieux ce matin?

La première préoccupation de Taxile, nous devons le dire à son honneur, dès qu'il eut repris un peu ses sens, fut de s'informer de la Grenouille à vapeur. L'indulgence du commissaire ne s'étendait malheureusement point à la portion féminine de la population qu'il était chargé de surveiller. Il l'appelait énergiquement « du bétail » et il la traitait en conséquence.

— Mon jeune ami, répondit-il aux premières questions de l'étudiant, la Grenouille est bien là où elle est. Ne vous en occupez plus davantage et parlons de vous. Nous nous grisons donc toujours?

— Le chagrin, répliqua Taxile honteux.

— Le chagrin, à votre âge! quand on a un estomac à digérer du fer! allons donc!

— J'ai, répéta Taxile, j'ai du chagrin, beaucoup de chagrin.

— Vraiment! fit le commissaire en secouant la tête. Eh bien, contez-le-moi.

L'étudiant ne se fit pas prier et raconta au

— 93 —

magistrat toute son histoire depuis le jour où il avait loué une chambre à l'hôtel du Parlement de Paris.

— Et dire, ajouta-t-il en terminant son récit, qu'il n'y a point de loi qui interdise les coucous dans les maisons habitées !

— Mais il n'existe pas non plus de loi qui vous défende de faire la cour à votre voisine et d'obtenir d'elle tout, jusqu'au silence de son horloge.

— Mais je lui ai fait la cour.

— Cinq minutes.

— Elle m'a presque mis à la porte.

— Quand une femme vous met à la porte et qu'elle est jolie, on rentre par la fenêtre. Votre voisine est donc laide?

— Au contraire, elle est jolie comme un cœur.

— Alors, fit le magistrat rabelaisien, vous êtes...

— Un imbécile, répliqua franchement Taxile, un imbécile, vous pouvez dire le mot, monsieur le commissaire.

— Un imbécile, non, mais un impatient. Allez, jeune homme, quand vous aurez, comme moi, la barbe grise, vous saurez que les femmes — même les plus vertueuses et surtout les plus

8.

vertueuses — adorent les hommes qui osent. Tenez, mon enfant, je ne suis qu'un vieux commissaire, mais, sapristi! à votre place, il me semble que j'aimerais mieux une jolie petite ouvrière, bien rangée, bien sage, qu'une affreuse drôlesse comme... Enfin, ainsi que je vous le disais tout à l'heure, elle est bien là où elle est, n'en parlons plus, causons plutôt de Mlle Rosinette. Je crois pouvoir vous garantir déjà que c'est une honnête fille : je n'ai jamais entendu prononcer son nom, et c'est presqu'un brevet de rosière, pour une jeunesse du quartier latin, de n'être pas connue de son commissaire.

— Si elle est sage, fit Taxile d'un air piteux, si elle est sage, alors je n'ai plus qu'a n'y point songer.

— Au contraire, répondit le vieux officier de police en se pourléchant les lèvres; au contraire, jeune homme, il faut y songer davantage. Une fille sage ! tudieu ! une fille sage ! Mais je ne veux point vous donner de mauvais conseils. Cela ne convient ni à mon âge ni à ma profession ; seulement, je ne vous dis que cela, si j'étais à votre place, je voudrais arrêter à minuit le coucou de ma voisine.

X

Nous avons laissé mademoiselle Rosinette sous l'impression de l'étrange façon dont Taxile avait accueilli la nouvelle du changement de place du fantastique coucou.

La jolie brodeuse crut fermement que son jeune voisin était fou, et comme toutes les grisettes sont bavardes, elle s'empressa de faire part de sa découverte à l'hôte du Parlement de Paris.

— C'est bien désagréable, lui dit-elle, le voisin du n° 18 a la tête dérangée! Cela est bien désagréable, et si votre maison devient une succursale de Charenton, vous verrez que cela vous fera du tort.

— Mon locataire du n° 18 est fou? répliqua l'aubergiste hébété.

— Fou, fou à lier !

— Il me parlait encore il n'y a qu'un instant et je n'ai pas remarqué...

— Voilà ! vous autres hommes, vous ne vous apercevez de rien.

— Oh ! oh ! reprit l'hôte en riant, il est de fait que votre expérience de femme, mademoiselle Rosinette...

— Il ne s'agit pas de mon expérience, répondit sèchement Rosinette dont l'amour-propre était piqué au vif, il s'agit de votre locataire qui est fou, j'en suis certaine. Il y a longtemps que j'aurais dû m'en apercevoir aux propos qu'il me tenait.

— Il vous a tenu des propos ?

— Oui, monsieur. Et si l'on ne savait pas se conduire, si l'on était comme tant d'autres... enfin votre étudiant du n° 13 est un polisson.

— Il paye exactement sa chambre.

— Qu'est-ce que cela prouve ?

— En effet, puisque je n'accorde de crédit à personne, ça ne prouve pas grand'chose.

Mais encore, qu'est-ce qu'il vous a fait?

— Ce qu'il m'a fait? ce qu'il m'a fait? vous le demandez? Ce qu'il m'a fait? continua la grisette au comble de la colère, ce qu'il m'a fait? Il est entré dans ma chambre et a osé me dire qu'il m'aimait!

— Jusque-là, il n'y a pas grand mal.

— Qu'il m'adorait !

— Et vous lui avez répondu?...

— Je l'ai mis à la porte.

— Eh bien! moi, ce soir, je le mettrai aussi à la porte, lorsqu'il rentrera, car je ne veux point donner asile à un homme qui ne vous respecte pas, vous mademoiselle Rosinette, vous la perle du quartier latin.

Mademoiselle Rosinette remonta dans sa chambre en faisant une petite moue charmante. Quelque sévère que fût sa vertu, la pauvre enfant ne voulait ni la mort ni l'expulsion du pécheur, surtout lorsqu'elle réfléchissait que le pécheur était un fort joli garçon.

Elle était d'ailleurs ce jour-là, dans une disposition d'esprit toute particulière. Elle s'ennuyait! Ce n'était pas dimanche, et pourtant ses petits pieds ne demandaient qu'à frétiller; il lui semblait entendre des musiciens invisibles jouer une valse enivrante dont les sons entraînaient son corps dans les spirales de l'harmonie. Peut-être songeait-elle que cela est bien triste lorsqu'on est jeune et jolie de ne l'être que pour soi, et qu'il devait être bien doux de s'entendre répéter pendant les longues heures de la nuit que l'on est aimable et que l'on est aimée.

Mademoiselle Rosinette s'ennuyait et l'ennui est mauvais compagnon. Elle, la pauvrette, qui ne s'occupait jamais de son voisin et qui, bien plus, venait de déposer une plainte contre lui par-devant son propriétaire, elle se prit à se questionner sur la conduite irrégulière que menait le susdit voisin depuis plusieurs semaines.

— Il n'est pas encore rentré ce soir, je crois que bien souvent il perd l'habitude de rentrer au logis. Que peut-il faire la nuit, mon Dieu! On ne se promène pas ainsi impunément, je suis convaincue qu'il s'abîme la santé à veiller comme cela. Il est peut-être joueur? Peut-être passe-t-il ses nuits aux pieds d'une autre femme...

La grisette rougit beaucoup à cette idée d'une autre femme; pourtant... Mais elle ne s'arrêta pas à cette bagatelle et elle ajouta :

— Oh! ce serait bien mal!

Il est probable qu'elle trouva dans cette médi-
tation une amère satisfaction puisqu'elle s'y plon-
gea avec amour, et deux heures sonnaient à
l'horloge de la Sorbonne qu'elle se répétait encore :

— Oh ! ce serait bien mal, s'il aimait une autre
femme !

Et Taxile, nous le savons, dormait en cet instant dans le lit du commissaire du sommeil des
gens de bien et des ivrognes.

— Je ne veux pas, se dit mademoiselle Rosinette reprenant le cours de ses réflexions solitaires et philosophiques, je ne veux pas que le
propriétaire renvoie M. Taxile. Ce jeune homme,
après tout, est fort honnête. Il ne m'a point
manqué de respect. Il m'a dit que j'étais jolie.
Est-ce que mon miroir ne me dit pas tous les
jours la même chose? Je ne me fâche pas après
mon miroir, au contraire, je le consulte toujours
avec plus de plaisir. Non, je ne veux pas que
l'on renvoie M. Taxile. Il me semble que je me
croirais trop seule si je ne le savais pas près de
moi.

L'imagination d'une jeune fille va vite. Plus
vite que le coursier rapide de l'amant de Lénore.
Il est si bon d'aimer et surtout d'aimer pour la

première fois ! Il est si doux de pouvoir se dire :
Ma vie n'est pas inutile et je suis nécessaire au
bonheur de quelqu'un. Rosinette construisit sur-
le-champ un petit roman amoureux à deux personnages. Mais comme elle était sage, Rosinette,
son roman fut aussi sage qu'elle. Elle se vit dans
la pénombre d'un demi-rêve, agenouillée sur les
marches d'une chapelle, à côté de Taxile. Elle
était vêtue de blanc, le bouquet de fleurs d'o-
ranger brillait à son corsage, les chants de
l'orgue l'enivraient au moment où le jeune Marseillais et elle prononçait, non le oui fatal des
pessimistes, mais le oui délicieux des amoureux
sincèrement épris.

Et puis son rêve se continuait, et le décor
changeait. C'était au milieu d'enfants barbouillés
de confitures et bégayant des paroles confuses
qu'elle se trouvait. Son mari l'enlaçait de ses
bras forts et protecteurs, ses fils grimpaient après
ses jupes et elle souriait à tous, la pauvre Rosinette !

Puis encore le tableau se transformait. Ses
cheveux avaient blanchi ; elle était mère grand.
Ses petits-enfants venaient l'adorer dans son
vieux fauteuil en tapisserie ; tout un peuple
de mioches entourait sa royauté d'aïeule et ren-

dait hommage à son diadème de cheveux blancs. Ces cheveux-là sont toujours beaux lorsqu'ils couronnent une vie largement et saintement occupée.

Rosinette se réveilla à six heures du matin.

Elle écouta.

Rien n'avait bougé dans la chambre de Taxile.

— Oh! fit-elle en poussant un soupir, c'était un rêve, mais c'était un bien joli rêve!

XI

Méfiez-vous des faits divers des grands journaux ; méfiez-vous-en au moins autant que des confidences des petits journaux ! La grande famille des canards compte des enfants dans les feuilles de tous les calibres, de toutes les opinions, de toutes les couleurs, de tous les genres et de toutes les nations.

Si vous lisez jamais dans la *Patrie,* journal du soir spécialement destiné à envelopper le matin les corsets des dames futiles ; si vous lisez jamais dans ce journal, moniteur des chiens et des objets

perdus, sous la rubrique *faits divers* les lignes
suivantes :

« Un individu de figure suspecte, dont le nom
est resté ignoré jusqu'à ce jour, s'est présenté
hier, vers neuf heures, chez le concierge des Tuileries qui se tient sous le guichet de l'Echelle. Le
concierge absent pour le moment était remplacé
par sa femme ; l'inconnu, après s'être enquis de
l'heure à laquelle il lui serait loisible de parler
au commandant du palais, ajouta : « Dites-lui
» bien, madame, qu'il ne manque point de m'at-
» tendre ; je suis Louis-Philippe XIV et j'arrive
» *incognito* pour m'assurer par moi-même de
» l'état de conservation de mon château des Tui-
» leries. »

» Comme la femme du concierge, s'apercevant
qu'elle avait affaire à un fou, s'apprêtait à faire
arrêter le personnage en question, on signala
l'arrivée de LL. MM. qui revenaient de Saint-
Cloud par la grille du bord de l'eau. Dans la
confusion qu'amena nécessairement cette arrivée, l'inconnu disparut ; seulement on ramassa
sous la voûte qui sert de passage entre la cour
des Tuileries et la rue de Rivoli, un parapluie
rouge dans le manche duquel était caché un fusil
à vent. Tout porte à croire que l'individu à mine

suspecte était un conspirateur appartenant à une vente démagogique, mais qu'au moment d'accomplir le plus détestable de tous les forfaits le courage lui a manqué.

» Le fusil à vent, du reste, n'était point chargé et l'armurier chez lequel il a été porté a constaté qu'il était d'ailleurs dans l'impossibilité de fonctionner. On n'en frémit pas moins aux malheurs qui auraient pu arriver sans la sainte intervention de la Providence, qui une fois encore a mis son doigt puissant entre le poignard de la révolution et le cœur de la monarchie. »

Si vous lisez jamais des lignes semblables, ne vous laissez pas aller à vous apitoyer sur le sort infortuné des rois et sur l'audace insensée des fauteurs de révolutions. Ne vous effrayez pas, gens naïfs, il n'y a pas un mot de vrai dans cet intéressant fait divers, pas un traître mot. L'individu à mine suspecte est un personnage de pure invention qui fait honneur à l'imagination du rédacteur. Le concierge de la grille de l'Echelle ne s'est jamais absenté de son poste, il tient trop à sa place, le digne homme, pour transiger un instant avec ses devoirs. Quant au parapluie rouge dont le manche contient un fusil à vent, je ne le trouve pas très-dangereux surtout

9.

depuis que je sais par l'armurier expert qu'il est dans l'impossibilité de fonctionner.

Mais, me direz-vous , quel rapport un fait divers inventé peut-il avoir avec Mlle Rosinette?

Vous allez le voir.

Mademoiselle Rosinette, je crois vous l'avoir dit au commencement de ce récit, était sobre comme un petit oiseau : ce qui ne l'empêchait pas de commettre parfois un extra, composé généralement ou plutôt invariablement de deux sous de galette qu'elle mangeait dans son café au lieu et place de pain; luxe et gourmandise coûteux, car deux sous dans le budget de la grisette représentaient une somme, comme qui dirait un demi-million pour M. de Rothschild ou cinquante mille francs pour les frères Péreire.

La nuit passée à songer, à rêver et à désirer pousse aux dévergondages d'estomac, et Rosinette s'était levée avec l'intention de faire une petite débauche. Elle alla acheter ses deux sous de galette.

Ils étaient enveloppés dans ce qu'on va lire :

. . . .

Cette ligne de points n'indique nullement que ce que lut Rosinette ne puisse passer sous les yeux de la plus chaste jeune fille. Cette ligne de points veut dire tout simplement, ami lecteur, que nous touchons à l'un des faits les plus importants de la biographie de la cousine de Mimi Pinson, et qu'il est peut-être bon de retarder la satisfaction de votre curiosité légitime.

Nous avons laissé Taxile Barbade avec le commissaire au moment où il prenait congé de ce digne fonctionnaire.

Taxile s'en alla le cœur réconforté.

L'homme de loi lui avait représenté, au nom de la société, au nom de la famille, au nom de la moralité, enfin au nom de toutes les institutions qui sont à la fois l'amour et la gloire de la bourgeoisie, que la séduction d'une jeune fille pauvre, abandonnée de tous, ne présente aucun inconvénient, du moment où elle peut faire la joie d'un petit bourgeois.

O Joseph Prudhomme! saint patron des bourgeois! *ora pro nobis!*

Oracle des bonnetiers de la rue Saint-Denis et des marchands de fleurs de la rue du Caire! *ora pro nobis!*

Vase d'élection du jury qui condamne les misérables qui volent un pain et absout les banquiers qui volent des millions! *ora pro nobis!*

Trône des idiots patentés qui destinent leurs enfants à la bureaucratie ! *ora pro nobis !*

Fleur des crétins qui suicident l'individualisme au profit de la personne de l'Etat ! *ora pro nobis !*

O Joseph Prudhomme ! bienfaisant père d'un tas de petits gandins qui jouent à la Bourse ! *ora pro nobis !*

O Joseph Prudhomme ! singulier masculin, mari de madame Prudhomme, père d'Anténor Prudhomme, d'Arthur Prudhomme, d'Anatole Prudhomme et d'Arthémise Prudhomme ! *ora pro nobis !*

Taxile Barbade, quoique jeune, quoique Marseillais, quoique libéral jusqu'à un certain point, était bien fils de M. Prudhomme.

O les fils de M. Prudhomme ! ô les enfants de cette génération boursicotière, intéressée, mercantile, qui a réagi sur la destinée de notre temps, arrêtez-vous dans les voies lymphatiques où vous vous lancez ! arrêtez-vous !

Non que je veuille ici plaider la cause de la femme tombée et expliquer pourquoi elle est tombée.

Non que je prétende aussi faire le procès à l'amour, au tempérament et aux passions.

Depuis que le monde est monde on séduit

des filles, et tant que le monde sera monde on en séduira. L'égoïsme est éternel. Il est féminin et masculin. Eve compromit Adam pour n'être pas seule à désobéir à Dieu. Adam désobéit à Dieu pour ne pas se priver d'une caresse d'Eve. Adam fut le premier Prudhomme du monde, peut-être parce qu'il était le premier homme, et jusqu'au jugement dernier régneront sur la terre Prudhomme et sa famille.

Taxile s'en allait donc le cœur réconforté.

Il entrevoyait sa chambrette toute parfumée de l'amour charmant et virginal de Rosinette. Le parallélisme dans la vie de deux êtres destinés à s'aimer est un fait très-fréquent, mais qui passe souvent inaperçu. Le magnétisme que nous avons déjà signalé joignait trop intimement les âmes de Taxile et de Rosinette pour que le hasard ne leur apportât pas sur ses ailes incertaines les mêmes pensées, les mêmes projets et les mêmes rêves.

Tout fils de Prudhomme qu'il fût, Taxile n'était pas dépourvu de poésie, d'honneur et de sincérité.

Il n'aimait encore Rosinette qu'avec ses sens; il admirait les jolis pétales de cette fleur de jeunesse et de beauté; il aspirait au bonheur de les effeuiller, mais encore sans songer à mal.

Bien qu'il n'entrât point dans ses projets d'élever jamais la gentille grisette au rang d'épouse légitime — les Barbade ne savent pas ce que c'est qu'une mésalliance, — cependant il s'engageait dans la séduction sans songer au moment terrible et inévitable de la séparation.

Il est vrai que son mentor, le commissaire philosophe, ne lui avait pas entr'ouvert ces horizons vertigineux.

Taxile ne voyait de la route que la partie bordée de riantes haies d'aubépine et de roses.

Or, l'amour est comme une route immense dans laquelle un voyageur entrerait au printemps. Tout est parfums, fleurs, feuillages, chants d'oiseaux et bruissements harmonieux de la nature. Mais la route se prolonge, et avec l'été les feuilles jaunissent, les fleurs tombent, les parfums deviennent âcres, les chants d'oiseaux se taisent et les bruits de la nature s'éteignent sous les lourdeurs de l'atmosphère. A l'automne, le voyageur se console en cueillant les fruits mûrs, emblèmes frappants des derniers plaisirs que donne une longue liaison à son déclin. Puis avec l'hiver tout disparaît, amour et nature, sous le manteau épais de l'oubli ou de la neige!

Taxile ne savait pas tout cela, il apercevait le jardin embaumé et enchanteur des commencements.

— Cela durera toujours, disait-il.

Et pourquoi, en effet, cela n'aurait-il pas duré toujours? Jeune comme il était, avec Rosinette plus jeune que lui, l'avenir, la fin, c'est jamais!

JAMAIS, le synonyme de TOUJOURS, dans la langue dorée du marivaudage.

Son inexpérience ne lui criait pas au cœur : « Et cette malheureuse fille qui vit heureuse, là, près de sa fenêtre, en travaillant, en lançant dans les airs son insoucieuse chanson, lorsque tu lui auras ouvert le paradis perdu du libertinage, lorsque de la jeune fille candide et pure tu auras fait une héroïne de la *Closerie des lilas*, de *Mabille* ou du *Jardin des fleurs*, lorsqu'elle n'aura plus de honte ni de pudeur, lorsqu'elle sera digne enfin de s'asseoir à la même table que Mlle Greluchette, la *Grenouille à vapeur*, alors tu la repousseras du pied, tu la laisseras retomber lourdement du haut de ses illusions de vingt ans dans les profondeurs de l'abîme! »

Si Taxile y avait songé, il n'eût point quitté le commissaire avec cet air satanique que prennent depuis Faust tous les amoureux, lorsqu'ils ont résolu de perdre une Marguerite. Si Taxile y avait songé, il eût fui Paris ou bien encore il serait rentré chez son protecteur et lui aurait énergiquement demandé l'élargissement de la *Grenouille à vapeur*. Car, enfin, il vaut mieux qu'il y ait une fille perdue de plus qu'une vierge en moins sur le pavé de Paris.

Mais Taxile n'y songeait pas.

Il avait bien d'autres soucis en tête. Ce jeune don Juan dont l'amour s'était accommodé de l'*interim* de Mlle Greluchette, il avait bien d'autres soucis en tête! Et, vraiment, il avait fort raison. Demandez plutôt à M. le commissaire, l'homme de la loi, l'homme dont le cœur placide bat sous l'*œs triplex* de la ceinture tricolore, signe manifeste de la prudence, de la sagesse et de la haute moralité!

Comme Taxile venait de s'éloigner du bureau du commissaire, une jeune fille s'y présentait et demandait à être introduite sur-le-champ auprès de l'autorité.

Cette jeune fille tenait un papier déchiré à la main.

Cette jeune fille, c'était Rosinette.

XII

Le lecteur l'a déjà deviné, le papier que tenait Rosinette, n'était autre que celui qui enveloppait les deux sous de galette dont la grisette avait fait emplette pour son déjeuner.

Ce ne sont généralement pas des feuillets arrachés aux œuvres des auteurs à la mode que les patissiers utilisent pour les besoins journaliers de leur commerce. Il existe une littérature à part dont la mission sur la terre semble être d'entourer de ses feuilles inconnues les denrées coloniales, le tabac de caporal et les bougies

10

économiques. Si je voulais me montrer énormément sarcastique et cuisant, il me serait facile
de dire que la galette de Rosinette était envelop-
pée dans un fragment du dernier roman du
vicomte Ponson du Terrail. Mais je ne le veux
pas.

D'abord parce que cela ne me convient point ;

Ensuite parce qu'on ne déchire pas les romans
de Ponson du Terrail, mais qu'on les lit.

C'est un travers de l'humanité, sans aucun
doute, qui prouve combien est dépravé le goût
de la génération actuelle ; cependant, historien
fidèle, observateur consciencieux des mœurs
contemporaines, je dois constater les faits, non
les dénaturer.

La jeune Rosinette, certes, eut lu tous les
romans de Ponson du Terrail s'ils lui étaient
tombés sous la main, et si les *Gandins* avaient eu
cette bonne fortune, je crois qu'elle eut cru *que
cela était arrivé*.

En effet, ce qui amenait la jolie enfant chez le
commissaire de son quartier, c'est qu'elle avait lu
le papier qu'elle tenait à la main et qu'elle croyait
que ce qu'il contenait était arrivé et pouvait arriver encore.

Voici le texte dans toute sa pureté. Nous regrettons que le pâtissier économe en ait arraché une portion; nous le regrettons surtout pour l'édification de nos lecteurs. Toutefois, avec un peu de patience et de bonne volonté, il leur sera loisible de reconstruire la partie coupée. Ce petit travail ajoutera de la sapidité au plaisir que leur procurera, je n'en doute point, la lecture d'un morceau qui appartient à la grande école littéraire, dite école de l'emballage.

51.

sespoir, il se précipita tête baissée
dans la débauche
    Mais la débauche n'est pas
une consolation !
        C'est à peine un remède?
        Arthur ne le comprit pas assez
tôt. Un jour il entra dans une
maison de jeu clandestine
        éternellement.
        La police.
    Hélas !
        Vertu.
    Prix.

De l'autre côté du feuillet on lisait :

52.

salle Saint-Martin parmi les malfai-
teurs de la plus dangereuse espèce
le désespoir le prit bien trop vite
et comme il ne voulait point qu'on
sut qu'il appartenait à une grande et
noble famille il se résolut à en finir
de suite avec une existence torturée
ux. Alors il pria Dieu et
tolet.

inconnu.

papier.

-morgue

en

?

« Évidemment, avait pensé la grisette en lisant
cette feuille, arrachée par le hasard à la grande
bibliothèque qui va où va toute chose ; évidemment, c'est la providence qui m'envoie un aver-
tissement. Cet Arthur réduit au désespoir ne
peut y avoir été réduit que par un refus amoureux. Il n'y a que l'amour qui réduise les jeunes
gens au désespoir. Une maîtresse l'a repoussé,
exactement comme j'ai repoussé M. Taxile Barbade lorsqu'il est venu poliment me déclarer
qu'il m'aimait.

» Il était vraiment très-poli, ce jeune homme, très-poli ; il ne m'a pas dit une chose déplacée. J'ai eu tort de le désespérer. Car enfin si mon rêve de cette nuit se réalisait ! c'est si joli, un petit ménage, et des enfants ! Des enfants tout barbouillés de confiture, qui tapagent autour de vous !

» Ce M. Taxile Barbade, bien sûr qu'il s'est jeté dans la débauche, comme l'Arthur du papier, à cause de moi. Et s'il n'est par rentré cette nuit, c'est qu'il aura été dans quelque maison de jeu, ou dans un autre vilain endroit ; qu'on l'aura arrêté ! Pourvu que le désespoir ne l'ait pas pris ! pourvu qu'il ne se tire point un coup de pistolet ! »

Et voilà pourquoi Mlle Rosinette était allée chez le commissaire de police de son quartier :

— Lisez cela ! lui dit-elle en lui tendant le papier en question.

— Qu'est-ce que c'est que cela? dit le vieux commissaire d'un ton méprisant en retournant en différents sens ce qu'on lui présentait.

— Lisez ! lisez ! répéta Rosinette.

— Eh bien? répliqua l'officier de police après avoir lu.

— Eh bien? répéta Rosinette en secouant la tête.

— Eh bien? jeune fille.

— Eh bien? monsieur le commissaire, n'est-ce pas possible?

— Quoi?

— Ce qu'il y a là dedans.

— Dame! dit l'officier de police en se grattant le nez comme un homme très-embarrassé.

— Vous ne trouvez pas cela odieux, infâme? Envoyez des hommes sur-le-champ pour prévenir un malheur. Ne tardez pas... Ce pauvre jeune homme!

— Quoi? quoi? quoi? quel malheur? quel pauvre jeune homme?

— Taxile Barbade, monsieur le commissaire, Taxile Barbade, qui se tue peut-être en ce moment!

— Taxile Barbade! il sort d'ici.

— Et vous l'avez envoyé à la préfecture?

— Moi! il est parti libre pour rentrer chez lui. Mais, jeune fille, vous qui parlez ainsi, n'êtes-vous pas Mlle Rosinette?

— Oui, monsieur le commissaire? Vous me connaissez donc?

— Non, mon enfant, et c'est ce qui fait votre éloge.

— Monsieur le commissaire? fit Rosinette qui ne comprenait pas.

— Mais je suis bien aise de faire votre connaissance. Taxile ne m'avait point trompé, vous êtes jolie comme un petit cœur. Allons, ne rougissez pas, mon enfant, un vieillard a toujours le droit de dire à une jeune fille qu'elle est jolie, cela ne tire jamais à conséquence. Allons, allons, voyons, je suis commissaire, mais je ne suis pas un méchant homme, asseyez-vous là et tout près. Dame! je n'ai pas la barbe noire et l'œil éveillé, mais après les compliments des jeunes, il n'y a rien de meilleur pour une jolie fille que les conseils des vieux.

Rosinette émue se laissa faire.

— Mademoiselle, dit le commissaire en assujettissant sur son nez ses lunettes qu'il venait d'essuyer pour mieux examiner le minois de la grisette, mademoiselle, pourquoi pensiez-vous que mon jeune ami Taxile Barbade fut en danger?

— C'est que..., monsieur le commissaire, fit en balbutiant la jeune fille.

— C'est que vous l'aimez. Allons, mon enfant, il n'y a pas de mal à cela...

— Monsieur!

— Au contraire, c'est de votre âge. Si le cœur était muet à seize ans, à quel âge commencerait-il à parler?

— Mais, monsieur le commissaire, je ne vous ai point dit que j'aimais Taxile.

— Vous dites... Taxile tout court.

— Monsieur Taxile, répliqua en rougissant la grisette, monsieur Taxile.

— Allons, vous l'aimez.

— Non.

— Si vous ne l'aimez pas encore, vous l'aimerez plus tard. Ou, mieux encore, vous l'aimez sans le savoir.

— Dame! je n'ai jamais aimé.

— Heureux Taxile! fit l'officier de police en se frottant les mains, brigand de Taxile! Ces jeunes gens ont-ils de la chance! Enfin, chacun son tour.

— Monsieur le commissaire, interrompit Rosinette.

— Ah! c'est vrai, fit le vieillard, j'oubliais que vous êtes venue me demander un conseil.

— Oui, monsieur le commissaire, au sujet de mon coucou.

— De votre coucou! Ah! ah! le fameux coucou.

— Vous en avez entendu parler? fit la grisette étonnée.

— Parbleu ! on ne cause que de cela dans le quartier.

— Vraiment ! répliqua Rosinette émerveillée.

— Oui, mon enfant, on ne cause que de cela. Il a rendu Taxile fou ou tout au moins maniaque. Il ne tient qu'à vous que le pauvre garçon se guérisse. Et vrai, puisque c'est vous qui avez causé le mal, il est bien juste que ce soit vous qui le répariez.

— Mais, monsieur le commissaire, dit Rosinette prête à pleurer, je vous jure que je n'ai fait aucun mal à M. Taxile. Bien plus, je serais désolée de lui en causer.

— Bien vrai ?

— Bien vrai.

— Eh bien! alors le dommage est moins grand que je ne croyais. Et puisque vous êtes si douce et si raisonnable, jurez-moi que vous ferez tout ce que je vous dirai de faire.

— Monsieur...

— Jurez-le moi.

— C'est que...

— Est-ce que vous pensez que je voudrais vous conseiller quelque chose de mal?... Ah! un homme de mon âge et de mon caractère! Allons, mon enfant, plus de confiance que cela... Que

diable ! je suis commissaire, mais je suis un bon
homme.

— Eh bien?...

— Eh bien... parlons d'abord de votre coucou.

— Monsieur, je vous jure, fit Rosinette fon-
dant en larmes.

— Allons ! allons ! je vois ce que c'est, vous
avez peur parce que je suis dans mon cabinet,
entouré — dit en souriant le bonhomme — de
l'appareil imposant de la justice. Eh bien ! ce
soir, mon enfant, je ne serai plus le magistrat,
je serai le simple citoyen, le père si vous voulez... Est-ce que cela vous effraierait beaucoup
de dîner avec moi...?

— Monsieur...

— Oh ! pas en tête-à-tête ; il y aura une troisième personne avec nous.

— Une troisième personne ?

— Dame ! mon enfant, je ne veux pas vous
compromettre moi. Voilà pourquoi je vous pro-
pose une troisième personne. Nous dînerons à
la campagne. Aimez-vous la campagne ?

— Oh ! monsieur le commissaire.

— Vous aimez la campagne, toutes les jeunes
filles raffolent de la campagne, c'est convenu !
c'est convenu ! à ce soir à cinq heures et demie

attendez-moi sur la place Saint-Sulpice ; à cinq heures et demie, entendez-vous ? je serai exact.

Et d'un geste il congédia Rosinette.

———

XIII

La température, bien que chaude, n'avait point cette lourdeur désespérante sous laquelle se courbent les hommes, les plantes et les animaux. Il faisait chaud parce que le soleil riait à l'horizon, mais un vent bienfaisant rafraîchissait l'air et agitait les mèches blondes de Rosinette, lorsqu'elle arriva sur la place Saint-Sulpice pour y attendre la venue du commissaire.

La grisette avait bien réfléchi. Devait-elle venir à ce dîner champêtre qui lui était si singulièrement proposé? devait-elle s'abstenir? Nous pensons que si elle eut cru s'y rencontrer

11

simplement avec le vieil officier de police, elle n'eut point hésité un seul instant, mais son cœur lui disait que la troisième personne inconnue devait être Taxile Barbade. Cette considération la détermina.

Elle avait mis ses habits des dimanches parce qu'il ne faut faire peur à personne.

Et elle était jolie, jolie, jolie comme un joli, joli, joli bouquet de roses pompon.

Elle portait une robe de mousseline blanche à petits pois roses — légèrement ouverte, à manches pagodes : une robe à indiscrétions charmantes, révélant une poitrine accomplie et un bras parfait. Elle était coiffée d'un bonnet de tulle tout ruché, — un petit paquet de nuages tortillé par la main d'une fée, — et chaussée de bottines en coutil gris.

Tous les étudiants qui passaient se retournaient pour regarder la grisette.

Quelques-uns s'arrêtèrent, d'autres plus hardis essayèrent de lui parler; mais Rosinette n'était pas d'un bois tendre et facile à manier, elle vous mit la troupe des galantins en fuite, rien qu'avec deux regards et quinze pas d'une certaine allure. Et pourtant elle était bien jolie, bien jolie, bien jolie! Son visage, sa grâce, sa toilette agaçante, son petit pied mignon, que le zéphir mettait sans cesse à découvert en soufflant malignement dans sa robe, tout cela était bien fait pour provoquer une émeute sur la place Saint-Sulpice, fréquentée d'ordinaire par une population facilement inflammable.

La galanterie française eut voulu que la grisette trouvât ses partenaires arrivés avant elle, mais Rosinette comme toutes les femmes était très-impatiente. Du moment où sa résolution fut prise de se rendre au dîner du commissaire, elle s'était habillée à la hâte. Une fois habillée, elle s'était mirée dans son petit miroir; mais si jolie qu'on soit, on préfère se mirer dans le miroir des yeux de la foule que dans les yeux de son miroir. Le temps sembla long à Rosinette; son coucou marquait quatre heures, il lui restait soixante minutes à attendre, soixante minutes divisées chacune en soixante secondes. Et le coucou ne faisait pas grâce d'une seule.

Plus fidèle qu'un agent du gouvernement, il s'acquittait de ses devoirs en conscience :

Tic tac! tic tac! tic tac! tic tac! tic tac!

— Maudit coucou! fit Rosinette; il n'y mettra pas de complaisance pour une fois que je désire qu'il aille plus vite que d'habitude. Oh! comme je comprends bien la haine que lui porte M. Taxile.

Tic tac! tic tac! tic tac! tic tac! tic tac! répondit le coucou.

— Eh bien! fit Rosinette, puisque tu ne veux pas céder, c'est moi qui céderai.

Et voilà pourquoi elle était arrivée à cinq heures moins un quart au rendez-vous, au lieu d'y arriver à cinq heures et demie.

XIV

Il existe aux environs de Paris un petit village
en bois sculpté, peint selon les procédés faciles
des imagiers d'Épinal. Ce village, encastré entre
les bois de Saint-Leu et de Montmorency, s'appelle Enghien. Il est peuplé de restaurateurs, de
cafetiers et autres indigènes policés aussi étran-
gers aux beautés de la nature que peu accessibles
à la poésie et à la gloire.

C'est dans ce village, que les habitants rangent
dans des boîtes au commencement de l'hiver
pour le remonter dès les premiers jours du prin-

11.

temps, que le commissaire conduisit Mlle Rosinette. Un narrateur vulgaire vous énumérerait les moyens de locomotion dont ils se servirent ; il ne manquerait pas d'inventer un sérieux accident de chemin de fer ; ou bien encore il introduirait quelques brigands attaquant une chaise de poste, et faisant ainsi rebondir le roman dans un monde fantastique, il entraînerait nos héros dans le domaine de l'impossible.

Heureusement pour Rosinette et le commissaire qu'ils n'ont pas affaire à un historien de ce genre. Ils débarquèrent donc sans encombre à la station d'Enghien, ligne du nord.

Rosinette rougit légèrement à la sortie de la gare en apercevant Taxile Barbade qui fumait tranquillement un cigare en regardant les voyageurs. La grisette poussa le coude du vieux commissaire :

— M. Taxile ! fit-elle bien bas.

— Quel heureux hasard ! répliqua le vieil officier de police.

— Oh ! monsieur le commissaire, ce n'est pas le hasard, c'est un décret de la providence.

— Hasard ou providence, c'est tout un, mon enfant.

Mais Taxile s'était approché, le chapeau à la

main, et saluait le commissaire et sa gentille
compagne.

Les passants auraient juré à la candeur de la
jeune fille, à la bonhomie du vieillard et à la politesse de Taxile, que nos trois amis représentaient un bon père de famille se promenant avec
sa fille et son futur gendre. Mais Rosinette ne
prêtait aucune attention aux passants ; elle était
bien trop occupée pour cela, cette chère enfant ;
jamais elle ne s'était tant éloignée du pavé de la
rue Racine et c'était vraiment le premier voyage
qu'elle entreprenait. Aussi elle n'avait d'yeux que
pour les grands arbres, les maisons jaunes, les
maisons bleues et les maisons roses ; les petites
barques sillonnant le lac faisaient bondir son
cœur.

Taxile offrit de faire un tour sur l'eau. Rosinette sauta de joie à cette proposition, le
vieux commissaire préféra se promener sur le
bord, mais il engagea les deux amoureux à
ne pas se priver d'un plaisir pour un vieux
comme lui. L'étudiant et la grisette montèrent
donc seuls dans un joli petit canot. En aidant
Taxile à délier la corde qui le retenait sur la
rive, son protecteur lui glissa ces mots dans
l'oreille :

— Fais chavirer le bateau, sauve-la, et la reconnaissance la jettera dans tes bras.

— Je ne sais pas nager, fit Taxile.

— Alors pourquoi lui as-tu proposé une promenade sur l'eau?

Taxile allait expliquer que c'était pour être agréable à Rosinette, mais celle-ci ne lui en laissa pas le temps; elle était impatiente de filer sur l'onde de toute la rapidité des deux avirons que maniait un robuste gars placé à l'avant.

Que se passa-t-il entre Taxile et Rosinette pendant cette promenade où ils n'étaient gênés que par la présence d'un témoin qui leur tournait le dos? Je crois que le bras de Taxile entoura la taille de la grisette; je crois aussi que la bouche de l'étudiant rencontra les cheveux, puis la bouche de Rosinette; je crois, je crois enfin bien des choses, car Rosinette était rouge comme une cerise lorsqu'elle sauta du bateau à terre.

Le vieux commissaire se frottait les mains.

— Ça va bien, disait-il en souriant, ça va très-bien.

Les amoureux ne pensaient pas au dîner, ce fut leur compagnon qui leur rappela cette agréable nécessité.

— C'est ma meilleure heure de la journée,
leur dit-il, et maintenant que vous vous êtes ré-
créés, c'est à mon tour.

Rosinette voulait dîner sur l'herbe et Taxile
voulait tout ce que voulait Rosinette.

Le commissaire déclara que cette fois il ne se
prêterait pas à leur fantaisie.

— Le dîner est un acte sérieux, dit-il, sérieux et hygiénique. Je ne souffrirai pas que vous
fassiez un mauvais dîner, dans l'intérêt de votre
santé d'abord et dans celui de mon estomac
après. Mais, mes enfants, reprit-il d'un air pa-
terne, vous ne savez donc pas ce que c'est qu'un
dîner sur l'herbe? Les oiseaux du ciel ne respectent pas les plus succulents potages! Les che-
nilles déshonorent les plus fines salades! Nous
dînerons dans un restaurant, au premier, sur
le devant, si vous le voulez, mais pas en plein
air.

Rosinette voulait manger du lait, des radis et
du pâté.

Taxile voulait manger ce que mangerait Rosinette.

— Vous êtes tout simplement idiots, mes enfants, leur répondit le commissaire; on est
amoureux, mais on mange, plus on est amou-

reux, plus on doit prendre de force. Je vais faire la carte.

Voici le menu de son dîner, j'aime à le relater ici, car on doit de l'estime aux gens qui savent manger :

Melon ;
Potage tapioca à la Crécy ;
Barbue sauce génevoise ;
Cotelettes de chevreuil sauce poivrade ;
Artichauds à la Barigoule ;
Perdreaux truffés ;
Salade de légumes à la russe ;
Desserts divers.

Si l'on veut bien prendre la peine de remarquer que tous les mets sont destinés à surexciter la soif, on comprendra qu'entre eux trois — le commissaire et ses deux invités — il fut bu six bouteilles de vin :

Deux de Sauterne,
Deux de Corton
Et deux de Champagne.

— Puisque cet imbécille ne sait pas nager, avait pensé le vieillard rabelaisien ; il faut absolument le griser, lui et sa Rosinette, sans cela ce serait encore une journée de perdue.

. . . .

Il y a deux mois, j'ai rencontré Taxile Barbade. Nous ne nous étions pas vus depuis dix ans. Après les politesses et les compliments d'usage, mon ancien camarade me fit la confidence qu'il cherchait une place.

— Parbleu, lui dis-je, tu as de la chance, je suis justement chargé de trouver un caissier pour une compagnie d'assurances qui se fonde en cet instant; je vais te proposer, et si cela réussit, je te le ferai savoir.

Taxile me donna son adresse. Lorsque je fus lui apporter la réponse, une femme d'une trentaine d'années vint m'ouvrir : trois gamins se traînaient après elle.

Lorsque mon ami me reconduisait :

— Ah çà! fis-je, je ne savais pas que tu étais marié !

— Je ne le suis pas, en effet, répondit-il, mais c'est tout comme. Tiens! continua-t-il en me montrant un vieux coucou qui était attaché contre le mur de son antichambre, voici la cause de tous mes malheurs! Je te raconterai cela un jour. C'est grotesque et terrible : toi qui écris, tu pourras en faire un drame ou un vaudeville à ton choix.

FIN.

LE BOULET

I

Le 18 décembre 1843, à quatre heures et demie du soir, deux employés de l'une des plus importantes administrations publiques de Paris se glissaient furtivement dans le cabinet de leur chef, M. Delabarre. Le motif de cette réunion inusitée devait être grave et exigeait, sans doute, un secret absolu, puisque M. Delabarre avait ordonné à son garçon de bureau de refuser invariablement sa porte à toutes les personnes qui se présenteraient pour lui parler. Cette recommandation, faite du ton solennel et confit de mystères sous lequel les hommes vieillis dans l'administration cachent leurs préoccupations ou déguisent le vide de leur esprit, annonçait un luxe de précautions que rendait d'ailleurs inutile l'heure avancée de la journée. — Dès quatre heures, en effet, — à moins de cas extraordinaire — les bureaux sont désertés par les employés et les solliciteurs experts ne s'y hasardent jamais.

Les deux personnages qui dérogeaient ainsi aux habitudes de leurs confrères, en compagnie de M. Delabarre, étaient son sous-chef, M. Dubreuil, et l'un de ses commis principaux, M. Baverot.

— Messieurs et chers collaborateurs, dit M. Delabarre, après avoir pour plus de sureté tiré le verrou, l'intérêt que je vous ai toujours témoigné dans les différentes circonstances où il a été question de votre avenir, vous a donné la mesure de l'estime que je professe pour vos personnes et votre mérite. C'est encore pour vous en fournir une nouvelle preuve que je vous ai appelés près de moi. — Grâce à la haute bienveillance du ministre, je passe à la tête de la première division.

A cette nouvelle, suivie d'une pause de quelques secondes qui vint en affirmer l'importance,

MM. Dubreuil et Baverot voulurent interrompre leur supérieur pour lui adresser des *félicitations bien senties*, mais M. Delabarre ne leur en laissa point le loisir, et du geste d'Auguste refrénant les ardeurs de Cinna, il calma leur verve complimenteuse. Puis, il reprit :

— Le ministre en daignant m'annoncer verbalement ma nomination, il y a une demie heure à peine, m'a recommandé le secret, afin qu'on put procéder à mon remplacement avant que l'attention des intrigants et des écumeurs de places ne soit éveillée. — Ce sont les propres termes de Son Excellence. — Pour vous, mes chers amis, je manque à ma promesse ; car, dans les joies de ma nouvelle promotion, je n'ai pas oublié que c'est à votre bon et loyal concours que je la dois. Je viens donc vous dire : ma place est vacante ! Si vous la voulez, agissez ou plutôt agissons !

La franchise cavalière de cette petite allocution serait de nature à disposer tout d'abord un indifférent en faveur de M. Delabarre. Par malheur, ses faits et gestes ne correspondaient en aucune façon avec la loyauté simulée de ses paroles. Ces dernières au contraire servaient de masque aux combinaisons les plus tortueuses et les plus audacieusement machiavéliques que

12.

puisse enfanter le cerveau d'un homme qui a passé sa vie en compagnie d'un couteau à papier, d'un paravent et d'une collection du *Bulletin des lois*.

M. Delabarre était un homme de cinquante et un ans, d'une taille exiguë et d'un tempérament chétif. Propret dans tous les détails de sa toilette, méticuleux dans les accessoires de la vie, sans vues larges, il personnifiait le type — qui tend tous les jours à disparaître — du bureaucrate de vocation.

C'était un des rares citoyens français qui ont traversé les dernières années de l'empire sans porter le mousquet. La conscription de 1813 — une rude accapareuse — n'avait point osé, malgré les besoins impérieux du moment, pousser l'exigence jusqu'à enregimenter cet extrait d'homme dans les rangs des infirmiers ou des soldats du train. Lorsqu'il se vit si heureusement refuser par la patrie les gloires et les chances de la vie militaire, il se consola facilement en songeant que chaque soldat qui tombait sous une balle ennemie ou succombait de misère sur les grandes routes de l'Europe diminuait d'autant le nombre de ses rivaux dans la vie civile. Il entrevit dans un avenir prochain une place de sous-chef. Car s'il n'était pas bon pour le service, il l'était pour les bureaux.

La première étape une fois parcourue, il se posa un nouveau but : celui de passer chef et il venait de voir se réaliser cette partie de son rêve sans avoir montré ni capacité, ni zèle, ni dévouement ; — il avait tout simplement voulu.

Dans les carrières modestes, clandestines et hiérarchiques, l'ambition durement bridée, sanglée et guidée, est un moyen plus sûr et plus rapide de parvenir que le talent et l'amour du devoir. M. Delabarre, tout jeune, l'avait compris d'intuition. Pour arriver, il avait sacrifié ses passions, ses goûts, ses désirs et ses jouissances sur l'autel de son unique divinité : son avenir.

Il paraîtra donc singulier que son dévouement à ses amis le poussât à les prévenir de la faveur dont il venait d'être l'objet et cela en violation directe des ordres du chef suprême de l'administration. C'est lui-même, du reste, qui va se charger d'expliquer cette contradiction, en faisant le résumé très-clair et très-net des conventions qui le lient aux deux personnes qui l'écoutent.

— Mon cher Dubreuil, et vous, mon cher Baverot, continua le chef de bureau, prêtez-moi

toute votre attention et surtout tàchez de bien
comprendre ce qu'il vous reste à faire pour que
ma place et celle de mon successeur ne vous
échappent pas. En m'assurant l'appui de votre
oncle le député, vous m'avez fortement aidé,
Dubreuil; de même que les démarches du cousin
de Baverot m'ont été très-utiles auprès de Son
Excellence qui ne sait rien refuser à ses collègues de la Chambre des pairs. Lorsque vous
m'avez offert de nous associer pour enlever la
position, je vous ai promis, en retour, de vous
entraîner après moi si je réussissais. J'ai réussi ;
— un honnête homme n'a que sa parole — à
mon tour d'exécuter ma part dans notre marché.

— Vous nous avez proposés pour l'avancement? fit interrogativement M. Dubreuil.

— Je vous ai déjà proposés une fois, répondit
le chef de bureau, et je vous proposerai de nouveau.

— Alors, répliqua M. Dubreuil, je cours de ce
pas chez mon oncle le député. Je le lance sur le
ministre, sur le secrétaire-général, sur toute la
boutique. Poussé par vous, chaudement appuyé,
je ne puis échouer. Que Baverot fasse de même
et notre affaire est dans le sac. D'ailleurs, ce que
nous avons entrepris pour votre nomination,

M. Delabarre, nous pouvons le recommencer
pour les nôtres. Faisons-nous mutuellement la
courte échelle. Le cousin de Baverot parlera
pour moi et mon oncle parlera pour lui.

— C'est limpide, fit M. Baverot.

— Dites absurde, reprit M. Delabarre.

— Absurde! exclamèrent à la fois MM. Dubreuil et Baverot, étonnés, absurde! et pourquoi
cela?

— C'est absurde, répéta M. Delabarre; absurde, parce que dans votre plan vous ne voyez
que vous, en vrais égoïstes que vous êtes;
absurde, parce que vous ne tenez compte ni des
ambitions, ni des droits de vos concurrents.
Ah! mes enfants, continua le nouveau chef de
division en poussant un soupir de commiséra-
tion, comme vous feriez de médiocres conspirateurs et que vous êtes heureux d'avoir le papa
Delabarre dans votre jeu. Sans cela, où en
seriez-vous? Si ma nomination n'a pas été l'objet
de longs débats, si vos protecteurs n'ont pas
rencontré dans leurs démarches pour moi d'obstacles insurmontables, cela provient de ce que
je n'avais aucun rival bien sérieux et que je
réunissais à l'ancienneté — une des meilleures
conditions du succès — celle non moins évidente

d'être le seul de la division au courant des affaires. Certes, je ne veux pas déprécier le coup d'épaule que vous m'avez donné ; mais votre oncle, cher Dubreuil, votre cousin, ami Baverot, n'ont fait que contraindre le ministre à être cette fois juste et intelligent, en préférant le plus capable. Tandis que pour vous, mes pauvres camarades, çà n'est plus du tout la même chose. Regardez devant et derrière vous, regardez à côté de vous et vous verrez grouiller quantité de compétiteurs jeunes, pleins d'aptitude, aussi ambitieux et tout aussi recommandés que vous pouvez l'être.

— C'est vrai, répondit tristement le sous-chef.

— Alors, nous sommes perdus ! fit de son côté le commis principal qui se décourageait facilement.

— Vous êtes sauvés, au contraire, reprit M. Delabarre qui profitait de l'incapacité de ses complices pour les tourmenter en faisant luire à leurs yeux tantôt le succès, tantôt la chute de leurs espérances ; vous êtes sauvés, parce que vous êtes prévenus, parce que vous avez l'avance sur vos concurrents, parce que je suis pour vous.

— Mais si nos parents ne suffisent pas, objecta timidement M. Baverot, que faire ?

— Reconnaître le terrain et dresser vos batteries en conséquence.

— Oh! oh! dit M. Dubreuil en se grattant le front.

— C'est que... fit à son tour M. Baverot qui se mit à tortiller sa barbe avec acharnement.

Ces deux interjections confessaient éloquemment l'impuissance des deux bureaucrates.

Le chef de division eut pitié d'eux et reprit avec supériorité :

— C'est ici que je vous attendais pour vous montrer comment je pratique la reconnaissance.

Ses interlocuteurs l'écoutèrent de toute la puissance de leurs larges oreilles.

— Je vous disais tout à l'heure de regarder autour de vous, fit M. Delabarre en prenant dans son fauteuil une attitude de demi-dieu; eh bien! qu'y voyez-vous, Dubreuil, répondez?

— Dame, dit ce dernier, il y a les sous-chefs du deuxième et du troisième bureaux qui m'inquiètent; mais j'ai bien compris votre pensée et je me charge de leur faire accorder des dédommagements, la croix de la Légion d'honneur, par exemple.

— Parfait! parfait! dit M. Delabarre; maintenant, Baverot, c'est à votre tour.

— Oh! moi, répondit M. Baverot, j'ai plus de compétiteurs que M. Dubreuil, il y a onze commis principaux dans la division.

— Et cependant vous voulez remplacer Dubreuil, de même que Dubreuil veut me remplacer?

— Certes.

— Alors, agissez comme Dubreuil, voyez ce qui peut convenir à vos concurrents et faites leur un pont d'or sur lequel vous passerez... avant eux.

— C'est assez difficile, objecta malignement M. Baverot en regardant M. Dubreuil, on ne décore pas les commis principaux.

— Si vous ne pouvez pas leur faire obtenir des compensations suffisantes, démolissez-les, mettez-les dans l'impossibilité de vous nuire.

— Je ne demande pas mieux, mais comment?

— Pour cela, mon cher, il existe deux méthodes à peu près aussi certaines l'une que l'autre. Et modulant sa voix comme un professeur qui explique un passage difficile, le digne bureaucrate continua : — La première méthode est encore la plus simple et peut-être la plus prompte. Si vous connaissez quelque particularité peu édifiante sur celui que vous voulez couler à fond, répandez-la avec soin et discernement et vous le rendrez impossible. La seconde méthode procède d'une façon diamétralement opposée. Soutenez que vos collègues sont pleins de mérite et absolument nécessaires là où on les emploie. Répétez à qui veut l'entendre qu'il serait dangereux de les déplacer, car on ne saurait les remplacer avantageusement. Posez-les, s'il le faut, en gens indispensables. Seulement, comme on n'arrive à rien sans principes, partez de ceux-ci : Dans le premier cas, atténuez l'âcreté de vos propos par des réticences habiles; amplifiez dans les détails, mais n'inventez jamais le point de départ : car, lorsqu'on médit, il faut quelquefois prouver. Dans le second cas, lâchez la bride à votre imagination, ne craignez pas d'amplifier; l'exagération seule du bien produit le même effet que le mal. Examinez donc la position des commis principaux de la division. Jugez ceux qu'il faut traiter par des réactifs violents et ceux pour lesquels il convient d'édulcorer la louange.

— A vrai dire, répondit M. Baverot, je ne redoute que Dufresne. Lui seul est en ligne. Il appartient au bureau et de plus tous les camarades s'accordent à le désigner pour succéder à Dubreuil.

15

— Dufresne est un garçon capable et le meilleur employé de la division, fit M. Delabarre sans songer qu'il pouvait blesser MM. Dubreuil et Baverot. Il figure sur le tableau d'avancement ; sans cela on aurait crié à l'injustice.

— Mais, répondit M. Baverot, il serait impossible de dire qu'il est indispensable, puisque sa promotion le laisserait dans son bureau.

— Alors, mon cher, revenez au premier moyen.

— Il est aussi difficile à employer. Dufresne est très-aimé, son exactitude est exemplaire, sa conduite à l'abri de tout reproche et je ne vois pas...

— Vous ne lui connaissez pas de créanciers ?

— Aucun.

— Si vous faites de lui un si pompeux éloge, si vous convenez vous-même qu'il réunit tous les titres à vous être préféré, fit M. Delabarre en haussant les épaules, comment voulez-vous qu'il ne l'emporte pas sur vous ?

— Mais, souffla timidement M. Dubreuil, Dufresne n'est pas marié.

— Je ne crois pas, dit en riant le chef de division, que le ministre admette cette raison pour ne point le nommer sous-chef.

— Certes, répliqua M. Dubreuil qui décidément se formait aux leçons de son chef de division, mais si, n'étant pas marié, il n'était pas pour cela garçon?

— Peste! Dubreuil, répondit M. Delabarre en lançant à son inférieur un sourire d'approbation, vous faites des progrès! Ce que vous dites là commence à prendre de la tournure.

— Dufresne , fit enfin M. Dubreuil, vit maritalement avec une maîtresse.

— En êtes-vous bien sûr? interrompit M. Baverot. Jacquet, qui dine chez lui toutes les semaines et qui le reçoit, croit qu'il est marié, tout ce qu'il y a de plus légitimement marié.

— Prenez garde, Dubreuil, dit à son tour M. Delabarre, votre zèle vous entraine trop loin. N'inventez pas, mon cher, n'inventez pas. Ici, du moins, ça n'est pas nécessaire. Dufresne est-il ou n'est-il pas marié?

— Dufresne n'est pas marié, et voici comment je le sais : L'année dernière il a fait — vous vous le rappelez sans doute — une courte maladie. Mais de si minime durée que fût son absence, elle ne laissa pas que d'entraver les affaires de l'administration. J'avais besoin pour un travail pressé de chiffres et de documents que seul Dufresne pouvait me fournir. Je lui écrivis et le len-

demain il m'envoya, avec une partie des rensei-
gnements, la clef de ses tiroirs, dans l'un desquels
étaient serrées les pièces que je demandais. En
les cherchant, j'ai trouvé...

— Vous avez trouvé...? fit M. Delabarre.

— J'ai trouvé.... quelques lettres... particulières.

— Et vous les avez lues? dit vivement M. Delabarre.

— Je les ai copiées, répondit modestement
M. Dubreuil.

— Vous êtes tout simplement un grand homme,
s'écria le chef division au comble de l'enthousiasme. Et moi qui avais l'air de vous donner des
conseils !

— Mais que contenaient ces lettres? dit M. Baverot.

— Montrez-nous-les, dit en même temps
M. Delabarre.

— Mon Dieu, messieurs, vous comprenez
que l'on ne doit point laisser traîner dans les
bureaux des papiers de cette importance. Ces
copies sont chez moi, dans mon secrétaire. Je
vous les apporterai demain.

— Mes chers amis, dit alors M. Delabarre, il
est maintenant cinq heures et quart. Résumons-

nous. Vous, Dubreuil, que votre cousin demande énergiquement la croix pour Bonnier et Forgeault. Quant à vous, Baverot, lancez sans en avoir l'air le ballon d'essai contre Dufresne. Déplorez sa triste position. Plaignez le malheur d'un garçon si intelligent qui sacrifie de gaîté de cœur son avenir pour une femme qui ne le mérite probablement point. Laissez à d'autres le soin de crier au scandale, à la dépravation, à l'immoralité. — Il s'en trouvera, soyez-en convaincu.

— Il y a partout des gens qui sont bien aises de paraître vertueux à peu de frais. Le comble du talent serait que les premiers bruits ne vinssent pas de vous et que votre rôle se bornât à défendre maladroitement votre camarade. Vous avez bien quelque ami dans les bureaux?

M. Baverot chercha, mais inutilement.

— Quelque obligé? Ayant dix mille livres de rente, vous avez bien quelquefois prêté cinq louis à un camarade nécessiteux?

— Ma foi! non.

— Et vous avez eu tort, car lorsqu'on veut parvenir il faut toujours avoir à sa discrétion des satellites et des comparses. Mais tout peut se réparer. Demain prêtez cent francs à un expéditionnaire — il ne doit pas être difficile d'en trouver

13.

un qui en ait besoin — et chargez-le de mettre les fers au feu. Et dans cinq ans, mes enfants, ce ne sera plus un chef de division qui serrera la main à un futur chef de bureau et à un aspirant sous-chef, mais le secrétaire-général qui conférera avec un chef de division et un chef de bureau.

Et sur ces bonnes paroles ces trois honnêtes gens se séparèrent et d'un pas tranquille regagnèrent leurs domiciles respectifs.

II

A l'époque où commence ce récit, Georges
Dufresne était âgé de trente-trois ans. L'une des
lettres dont M. Dubreuil avait si traîtreusement
pris copie pendant la maladie du commis principal, expliquant sa situation mieux que nous ne
saurions le faire, nous laisserons la parole à un
de ses camarades qui l'avait écrite. Le lecteur y
trouvera le développement d'une liaison qui, de
futile qu'elle était d'abord, avait passé par la
gamme du caprice, de la tendresse, de l'habitude
et du despotisme, pour arriver à cet état anormal,
il est vrai, mais, hélas! trop fréquent aujour-

d'hui — que l'on caractérise énergiquement par les mots *traîner son boulet!*

Georges traînait son boulet. Déjà une fois il avait tenté de briser sa chaîne. C'est à l'occasion de cette tentative que M. Garnier, son ami le plus intime avec Jacquet, lui avait adressé la lettre suivante :

« Mon cher Georges,

» Il est des vérités qu'on doit à son meilleur
» ami, mais qui sont terriblement difficiles à
» dire. Une observation ou même un simple
» coup d'œil — tu as dû le remarquer — arrê-
» tent dans la conversation l'expansion et la
» franchise. Or, ce que j'ai à te faire entendre
» aujourd'hui est tellement important pour toi,
» pour ton avenir, qu'il faut que, bon gré ma
» gré, tu l'entendes jusqu'au bout. Voilà pour-
» quoi je t'écris au lieu de venir te rendre compte
» de vive voix de la mission que tu m'as confiée.
» J'ai pensé que tu écouterais mes conseils épis-
» tolaires plus patiemment qu'un sermon parlé.
» Sur ce, je commence :
» Je sors de chez Louise. Après quelques
» phrases consacrées à la politesse usuelle et
» aux plaisanteries ayant cours, j'allais aborder

» carrément le motif de ma visite, lorsque
» Louise m'arrêta tout à coup. — L'avais-tu
» prévenue ou son instinct de femme la servait-
» il en ce moment? C'est ce que tu es plus à
» même que moi de savoir. — Quoi qu'il en soit,
» avant qu'un seul mot significatif ne fût sorti
» de ma bouche, elle me dit en me regardant
» dans le blanc des yeux :

» — Garnier, vous venez de la part de
» Georges m'annoncer qu'il veut me quitter, et
» débattre avec moi les clauses de la rupture.
» Il est inutile de le nier. Vous vous êtes com-
» posé un air empesé qui convient fort bien à la
» circonstance, et vous n'avez même point omis
» l'habit noir de rigueur pour les noces et les
» enterrements. Parlez donc, je vous écoute.

» Trompé par ce début, qui me parut em-
» preint d'une résignation bien convenue et po-
» sitivement arrêtée, je la félicitai de ce qu'elle
» m'épargnait un préambule pénible pour tous
» les deux.

» — Au fait, monsieur l'ambassadeur, au fait,
» me dit-elle.

» — Eh bien, répondis-je, Georges m'a en
» effet chargé de vous annoncer que votre liaison
» prenait dans sa vie un caractère trop impor-

» tant et qu'il fallait la rompre. Il n'entend point
» cependant brusquer une séparation doulou-
» reuse pour tous les deux. Il veut rester votre
» ami... toujours. Votre affection n'est point de
» celles qu'on oublie. Il a pensé à votre avenir,
» et quoiqu'il ne soit pas absolument riche, il
» vous offre de vous créer un petit établisse-
» ment. Vous choisirez vous-même ce que vous
» vous sentez le plus en état de faire. Il consa-
» crera à cet usage une portion du capital qu'il
» vous destine. Le reste sera placé et vous en
» toucherez la rente...

» Ma foi, mon cher Georges, je ne suis ni
» tendre ni poltron. Le drame ne m'étonne guère
» et les romans me laissent froid. Cependant, au
» milieu de mon discours je commençais à
» m'embarbouiller sous l'œil clair et profond de
» ta maîtresse, lorsque heureusement elle m'in-
» terrompit par ces mots :

» — Georges vous a-t-il raconté l'histoire
» vraie de nos amours ?

» Sur un geste de dénégation de ma part, elle
» continua, et voici le récit qu'elle m'a fait et que
» je me crois obligé de te transcrire pour que
» tu juges par toi-même de l'étendue des droits
» que tu as laissé prendre à Louise sur ta vie :

» — Il y sept ans — j'en avais alors vingt-
» trois — j'étais ouvrière en dentelles. Je ne
» vous dirai point que ma conduite fut à l'abri
» de tout reproche. Mais j'étais orpheline et je
» travaillais beaucoup. Je gagnais quarante-cinq
» sous par jour et je ne manquais jamais d'ou-
» vrage. Aussi lorsque j'allais au bal le di-
» manche, c'était pour me délasser des ennuis
» de la semaine. Je fatiguais mes jambes pour
» reposer mes doigts. C'est en dansant dans un
» petit bal champêtre de Montmartre que j'ai
» connu Georges. Il n'est point précisément
» beau, mais il a l'air distingué. Ce n'est point
» non plus un homme d'esprit, mais il est gai,
» sans façon et surtout bon garçon. J'étais à
» l'aise près de lui ; il me semblait que je cau-
» sais avec un camarade, et pendant deux mois
» je le revis chaque dimanche. Il me faisait dan-
» ser, m'offrait un bouquet, un verre de punch
» ou de limonade. Là se bornèrent d'abord nos
» relations. Un dimanche il ne vint pas. Je fus
» ce soir-là d'une humeur massacrante, je refusai
» de danser. Toute la semaine je pensai à lui,
» enfin le dimanche suivant, en le revoyant, je
» sentis que je l'aimais. Depuis nous ne nous
» sommes plus quittés.

» Je lui avais plu avec une robe d'indienne à
» treize sous le mètre et un petit bonnet cerise
» que j'avais fait moi-même. Bientôt Georges,
» qui était un monsieur, s'aperçut que je n'étais
» qu'une ouvrière. Pour me mener avec lui au
» spectacle ou dîner au restaurant, il me fit
» cadeau d'une robe de soie, d'un chapeau et
» d'un mantelet. Puis, la jalousie et l'orgueil se
» mettant de la partie, il m'empêcha d'aller en
» journée, il me meubla ce petit appartement
» où il vient dîner tous les jours, où il est le
» maître absolu. Bien qu'il m'ait fait perdre l'ha-
» bitude du travail, je reprendrais volontiers
» l'aiguille si je supposais que je lui coûte plus
» qu'il ne peut dépenser. Loin de là, j'ai mis de
» l'ordre dans ses affaires si dérangées depuis
» son départ de chez sa mère. J'ai tenu son mé-
» nage et le mien avec une telle économie que,
» malgré l'exiguïté de ses revenus, ils font lar-
» gement face à tous nos besoins. Je lui suis
» attachée et fidèle. Il m'aime, il me le répète
» tous les jours. Il est heureux près de moi, il
» le dit du moins. Pourquoi veut-il me quitter?

» — Ma chère enfant, repris-je, Georges veut
» vous quitter parce qu'il sent que la vie a un
» but sérieux, élevé.

» — Mais le but le plus sérieux qu'on puisse
» se proposer, c'est d'être heureux.

» Je vis bien que j'allais m'engager dans une
» fausse route en parlant du monde, de la so-
» ciété et de la famille à une matérialiste de la
» force de Louise, et je m'empressai de re-
» prendre :

» — Vous avez mille fois raison. Mais croyez-
» vous que vous puissiez donner à Georges ce
» bonheur que vous assurez être le seul but sé-
» rieux de la vie ?

» — Certes, répondit-elle, pas une femme ne
» l'aimera plus que moi et ne lui sera plus dé-
» vouée.

» — En dehors de cet amour et de ce dé-
» vouement, pensez-vous qu'il n'y ait pas encore
» autre chose que vous ne pouvez lui apporter ?

» — Oui, fit-elle en secouant la tête, je vous
» comprends, une dot ! une famille ! pour l'aider,
» pour le pousser ! C'est tout cela que je ne puis
» lui donner, et c'est pour cela qu'il m'aban-
» donne.

» — Vous n'avez donc jamais songé, depuis
» sept ans, que votre liaison était sans lende-
» main probable ?

» — Jamais. Georges m'a toujours associée à

14

» ses rêves, à ses espérances et à ses projets.
» Je connais toutes ses affaires. Il m'a raconté
» tous ses secrets de famille, et ce n'est qu'à une
» amie véritable, qu'à une femme qu'il considère
» comme sienne, qu'un honnête homme fait de
» semblables confidences.

» — Enfin, dis-je, à bout de raisons excel-
» lentes qu'elle ne put combattre qu'avec des
» armes que tu lui as fournies toi-même, Georges
» peut être forcé de quitter Paris.

» — Je le suivrai.

» — Vous n'y songez pas?

» — Pourquoi cela?

» — Comment expliquerait-il dans le monde
» la présence d'une femme qui ne serait ni sa
parente, ni...

» — Le monde! toujours le monde! Vous
» autres hommes, vous n'avez que ce mot-là à
» la bouche quand vous voulez nous quitter.

» Y pensez-vous au monde quand vous nous
» prenez?

» — Mais enfin...

» — Mais enfin, Georges ne quitte point
» Paris.

» — Et moi qui vous croyais raisonnable?

» — Je ne suis pas raisonnable, me répondit-

» elle en se levant. J'aime Georges de toutes les
» forces de mon âme, et je me défendrai contre
» tous ceux qui chercheront à élever des ob-
» stacles entre lui et moi. Tant qu'il m'aimera,
» je me croirai dans mon droit. Le jour où il me
» dira, lui-même, librement, qu'il ne m'aime
» plus, alors je n'aurai besoin de personne pour
» savoir ce que je devrai faire.

» J'ai compris qu'elle me congédiait et que
» j'étais à jamais brouillé avec toi. Elle ne me
» pardonnera pas ma démarche d'aujourd'hui et
» demain tu m'en voudras de ce que j'ai eu la
» simplicité d'essayer une besogne que tu pou-
» vais seul faire et bien faire. Je mets cependant
» à profit la page blanche qui me reste et dans
» laquelle il me semble voir le testament de
» notre amitié prête à passer de vie à tré-
» pas. J'y consigne un dernier avis que tu t'em-
» presseras de ne pas suivre, parce qu'il est
» bon.

» Tu es déjà resté trop longtemps avec Louise,
» et chaque nouveau jour que tu y resteras t'en-
» foncera plus avant encore dans l'impossible.
» Prends ton courage à deux mains. Romps avec
» elle. Sans cela... sans cela tu es un homme
» perdu.

» Ton peut-être ex-ami, mais toujours et
» quand même ton dévoué

» GARNIER.

» 16 mai 1842. »

. . . .

Au terme de juillet, par mesure d'économie,
Georges quittait son appartement pour venir co-
habiter avec Mlle Louise Séjan. La prédiction de
M. Garnier était accomplie.

III

M. Baverot ne s'était pas vanté. Il ne comptait pas un ami dans tout le ministère ; à peine
y eût-il trouvé des camarades. C'est qu'aussi
M. Baverot était par trop égoïste. Depuis l'âge de
raison, il n'avait jamais obligé personne, songé
à qui que ce fût, ou plaint qui que ce soit. Cela
ne résultait point cependant d'un système arrêté
dans son esprit étroit. Non, cet admirable égoïste
ne connaissait sur la terre que son cher petit lui
et ses chers petits intérêts. Quelques mots de
biographie le feront mieux apprécier que tous
les portraits du monde. M. Baverot possédait

14.

dix mille livres de rente. C'était là toute son histoire. Dix ans de sa vie se passèrent à les convoiter, deux infamies les lui donnèrent, et depuis quinze années il en jouissait honnêtement.

A l'âge de vingt ans il entra comme tribun dans une maison de détail du quartier Saint-Denis. — Le tribun est le commis qui, placé dans un bureau élevé et ressemblant assez à une tribune, écrit sous la dictée des commis vendeurs les articles débités, et contrôle ainsi les opérations de la caisse. Son nom de tribun n'est emprunté ni aux souvenirs antiques ni aux idées révolutionnaires, il lui vient tout simplement du meuble sur lequel il travaille.

Mais revenons à M. Baverot, dont la science se bornait à la connaissance parfaite des quatre règles et à une cursive agréable, mais totalement dépourvue de grammaire. La révolution de 1830 le trouva dans sa tribune et l'y laissa sans enthousiasme et sans regrets.

Une de ses cousines était alors protégée par un avocat que les événements amenèrent au pouvoir. Ce protecteur commençait à se fatiguer d'un bonheur encadré de satiété et de palissandre, il songea donc à trouver un père pour l'enfant et un mari pour la femme qu'il allait abandonner.

Quarante mille francs de dot, un intérieur confortable de millionnaire en rupture de ménage, et une place dans un ministère, compensèrent provisoirement aux yeux de M. Baverot, sur lequel se fixa le choix de l'excellence, l'absence chez sa future de quelques vertus primordiales. Quarante mille francs au denier vingt ne donnent qu'un revenu de deux mille francs, et nous avons dit que M. Baverot en possédait dix mille.

Les mauvaises langues du ministère racontaient à ce sujet que l'avocat ministre, étant devenu quelque temps après ambassadeur, Mme Baverot avait fait un long voyage à la même époque et avec l'autorisation de son mari. A son retour, elle avait recueilli un héritage qui parfaisait le chiffre rêvé par l'heureux couple, et la satisfaction de M. Baverot fut à son comble.

En arrivant à son bureau, le lendemain de la scène que nous avons racontée au début de cette histoire, M. Baverot se présenta dans la pièce où travaillaient les surnuméraires et les expéditionnaires. Son intention était bien arrêtée de se faire emprunter cinq louis. Le menu fretin bureaucratique discutait en cet instant sur les avancements et les gratifications de fin d'année — importante question qui forme l'unique sujet des conversations d'employés pendant le mois de décembre. L'un de ces messieurs, nommé Groslier, se plaignait de ce qu'une malencontreuse opposition sur son traitement l'excluait des surprises annuelles de la Saint-Sylvestre.

— Est-ce qu'elle est lourde, cette opposition? fit M. Baverot.

— Un billet de soixante francs que j'ai eu l'imprudence de souscrire à un brigand de tailleur. Avec les frais et la mainlevée, ça doit faire une centaine de francs.

— Eh bien! dit M. Baverot, mon cher Groslier, je ne veux pas qu'un brave garçon comme vous soit privé de gratification pour une semblable bagatelle. Allez demander à M. Delabarre la permission de vous absenter ce matin. Je vais vous avancer l'argent nécessaire pour faire lever votre opposition.

— En voilà un qui a de la chance! s'écria l'un des commis quand Groslier fut sorti avec le commis principal; qu'est-ce qu'il a le Baverot? il devient obligeant! Pour sûr, il faut que sa femme soit bien malade ou qu'elle ait fait un nouvel héritage.

— Messieurs, interrompit Groslier qui rentrait prendre son chapeau, Baverot est le rival du petit manteau bleu. Mais il y a un gredin dans le bureau qui n'a qu'à bien se tenir ! Figurez-vous un monsieur qui vit publiquement avec des lorettes et qui trouve mauvais qu'un employé à quinze cents francs fasse des dettes. Faudrait-il pas mettre à la caisse d'épargne !

— Nous disons du mal des petits camarades, répondit aussitôt un nommé Marty qui, en sa qualité de collaborateur d'un journal de modes, fréquentait le café des Variétés et prenait volontiers des airs de pamphlétaire, ça me va, j'en suis. Allons, Groslier, j'ai la voix forte, un chœur sur la corruption et l'immoralité !

— Oui, fit Groslier qui s'animait, auriez-vous cru ça de Dufresne ? un saint de carton ! une candide pensionnaire ! Il a été dire au père Delabarre que j'avais des allures et que je vivais dans le désordre. Ça lui sied bien à lui qui traîne partout après lui une maîtresse qu'il fait passer pour sa femme. — Si ça n'était pas pour Baverot qui m'a rendu service et auquel j'ai donné ma parole d'honneur de me taire, j'irais le crier bien haut et dans certains endroits que je sais.

— Du moment qu'il s'agit de Dufresne, répondit Marty, je n'en suis pas. Dufresne est un brave et digne camarade.

— Oui, un brave et digne camarade, qui ne m'eût pas comme Baverot prêté les cinq louis dont j'avais besoin.

— Qu'en sais-tu? Les lui as-tu demandés?

— Je ne les ai pas demandés à Baverot, il me les a offerts.

— Devant tout le monde. Il monte sa générosité en épingle, ce monsieur.

— Oui, mais il est obligeant.

— Et il te lance sur Dufresne.

— Non, puisqu'il m'a fait donner ma parole d'honneur de ne rien dire.

— Parce qu'il savait qu'avec un bavard de ton espèce il pouvait se permettre ce luxe-là.

— Dis tout de suite qu'il m'a acheté.

— Pas précisément, mais il a cherché à t'abuser pour te rendre complice de quelque mauvais tour qu'il veut jouer à Dufresne.

— Je vais aller le débarbouiller avec ses cent francs, — fit Groslier qui passait d'une extrémité à l'autre avec la rapidité d'un cœur franc. — Il va me le payer.

— Tu feras bien mieux de payer ton huissier et de tenir parole à Baverot qui t'a recommandé la discrétion. Comme ça tu serviras Dufresne, tu enfonceras le traître et ta vertu sera récompensée par une mainlevée.

La chance ne se déclarait pas pour M. Baverot, et sa première bonne action ne semblait point devoir porter d'heureux fruits. Mais l'un des complices du commis principal, le sous-chef Dubreuil, veillait. Artisan d'intrigues obscures et exercé de longue main à la construction de petits complots, il avait imaginé une infamie douce-reuse qui devait porter un coup décisif à Du-fresne.

M. Dubreuil, plus jeune de six ans que M. Ba-verot, passait pour le dandy de l'administration. — On causait de ses pantalons et de ses gilets et son chapelier avait la réputation d'un habile homme. — Bien qu'il n'eût point de patrimoine et qu'il fût marié à une femme pauvre, il recevait avec un certain faste. A ses soirées on servait du punch véritable, du thé authentique et de la brioche réelle. A quelles sources cachées puisait le ménage Dubreuil pour soutenir un tel luxe? Personne ne le savait dans l'administration, ce qui n'empêchait pas chacun de gober ses rafraî-chissements, inusités dans les soirées d'em-ployés.

Nous avons vu M. Dubreuil très-humble dans le cabinet de son chef. Il devenait superbe dès qu'il se retrouvait vis-à-vis de ses inférieurs.

Il n'était point l'homme des coups droits, nous allons le voir.

Vers midi il vint sournoisement trouver Jacquet et Dufresne qui travaillaient dans la même pièce.

— Dis donc, Jacquet, fit-il, tu viens au bal le 24 chez moi?

— Certes, dit Jacquet, mais pourquoi donnes-tu un bal? Est-ce que tu passes chef?

— Je vais mettre ton nom sur une carte, répondit M. Dubreuil sans tenir compte du propos de son camarade, j'inscris monsieur et madame Jacquet.

— Ça fera plaisir à ma femme, elle a justement une robe et une coiffure neuves qu'elle devait étrenner à la soirée du secrétaire général.

— Et toi? Dufresne, reprit M. Dubreuil.

— J'accepte.

— Tiens, j'ai mis M. et Mme Dufresne, tu es forcé d'y amener ta femme.

Dufresne rougit imperceptiblement. Jacquet, s'en apercevant, chercha à détourner le cours de la conversation. Mais M. Dubreuil tenait à son idée qui constituait la première partie de sa machine de guerre.

— Dufresne, continua-t-il, j'invite Mme Dufresne pour la première contredanse, dis-le-lui
de ma part, je t'en prie.

— Ma femme ne va jamais au bal, répliqua
sèchement Dufresne, et, du reste, j'y songe
maintenant, je ne suis pas libre le 24. Il me sera
impossible d'aller chez toi.

— Ah çà, qu'est-ce qui te prend? Chaque fois
qu'on te parle de *Madame Dufresne*, fit M. Dubreuil en appuyant sur ces deux derniers mots,
tu fais sur-le-champ une mine d'enterrement!

— Moi?

— Oui, toi.

— Allons donc! dit Dufresne, qui sentant le
terrain peu solide comprit qu'il fallait se raffer-
mir par un mensonge. Mme Dufresne n'aime pas
le monde, et comme son goût pour la retraite
m'empêche souvent d'aller au bal ou au théâtre,
je suis de mauvaise humeur toutes les fois qu'à
cause d'elle je refuse une invitation.

— Eh bien! répondit M. Dubreuil, qui, lorsqu'il était lancé, voulait atteindre son but, j'irai
moi-même inviter Mme Dufresne. Ou plutôt, j'en
chargerai ma femme. Ce sera plus convenable.

— Je te remercie, mais...

— Il n'y a vraiment pas de quoi.

15

— Laisse-moi donc parler. Je te prie de ne pas envoyer ta femme chez la mienne.

— Tu crains donc qu'elle n'accepte ?

— Ah çà ! après tout, qu'est-ce que cela te fait ? fit Dufresne irrité.

— Je vois ce que c'est, reprit M. Dubreuil, qui attisait avec volupté la colère du commis principal, tu es jaloux et tu veux cacher ta femme aux regards des profanes, ou bien encore tu es avare et tu as peur d'être forcé de lui payer une toilette.

— C'est tout ce que tu voudras, mais je ne veux pas qu'on se mêle de mes affaires.

— Si c'est comme ça, mettons que je n'ai rien dit, et parlons d'autre chose. Voici un état qu'en ta qualité de plus ancien commis principal du bureau je te prie d'établir sur-le-champ. M. De-labarre en a besoin avant deux heures.

— Ils veulent donc me faire damner aujour-d'hui ! s'écria Dufresne en donnant un violent coup de poing sur son pupitre, dès que le sous-chef se fut éloigné.

— Qu'est-ce donc encore ? fit Jacquet.

— Regarde !

Et il montra à son ami que sur l'état que lui avait laissé M. Dubreuil et qui concernait les employés du bureau, une case était destinée à désigner les célibataires et les hommes mariés.

— Calme-toi, répondit Jacquet en venant auprès de son ami dont il connaissait les chagrins, calme-toi et avisons au moyen de te tirer d'affaire.

— Je mentirai jusqu'au bout maintenant que j'ai commencé.

— Tu ne le peux pas ; une conspiration s'ourdit contre toi ; Baverot la dirige. Il est certain que Dubreuil en est, et cet ordre qu'il vient de te donner indiquerait que M. Delabarre tient pour tes adversaires.

Alors Jacquet raconta à son ami la tentative de Baverot sur l'expéditionnaire Groslier et qu'il tenait de la bouche de Marty.

— Sois prudent, dit-il en terminant, il y a probablement une place de sous-chef en jeu ; on veut te couler.

— Eh bien ! je lutterai.

— Comment ?

— En m'inscrivant d'abord sur cet état comme étant marié.

— Ne fais pas cela, je t'en prie !

— Mon cher, *alea jacta est !* le vin est tiré, il faut le boire !

— Ne fais pas cela, répéta Jacquet.

— Tu n'es qu'un poltron.

— Mais tu te condamnes toi-même en cachant ta véritable situation. Dire que tu es marié, c'est avouer qu'il est honteux de vivre maritalement avec sa maîtresse, tandis que, ajouta timidement Jacquet, ce n'est que... malheureux.

— Oh! fit Dufresne d'une voix sombre, malheureux et très-malheureux !

— Alors ne te porte pas sur l'état des employés mariés.

— Allons donc, je veux être sous-chef.

— Mais si on découvre ?

— On ne découvrira rien. On est trop occupé en ce moment.

— Mais, entêté, faut-il te répéter vingt fois que ce qui se fait autour de toi est dirigé contre toi et uniquement pour avoir une occasion de constater officiellement ta position?

— Je risque tout.

— Je t'en prie une dernière fois, ne fais pas cela.

— Et moi, je refuse une dernière fois. Ainsi donc n'en parlons plus.

Tandis que MM. Baverot, Dubreuil et Cie se félicitaient des différents traquenards qu'ils

avaient tendus sous les pas de leur confrère, le
fidèle Jacquet, cet Achate du malheureux Dufresne, envoyait à Groslier le billet suivant :

« Mon ami,

» Vous trouverez dans ce pli cinq louis. Ce
» matin, sans le vouloir, vous êtes presque de-
» venu complice d'une mauvaise action. Je vous
» fournis l'occasion de ne pas rester plus long-
» temps l'obligé d'un homme qui ne peut que
» vouloir abuser de l'influence que lui donnerait
» sur vous un léger service d'argent.

      » Un camarade qui vous aime,

        » JACQUET. »

15.

IV

La salle des expéditionnaires, la plus bruyante
du quatrième bureau, était par extraordinaire
silencieuse et grave sur les trois heures du soir.
Appelé par son service, Baverot venait d'y entrer, lorsque Groslier, se levant tout à coup, dit
à son camarade Marty :

— Tu vas voir la danse du Baverot. Tu pourras
la raconter dans ton journal. Ça amusera les
abonnés.

— Si tu veux, répondit Marty en imitant les
rugissements sinistres d'un traître de mélodrame,
si tu veux, nous allons lui barbouiller la figure

avec de l'encre rouge et lui peinturlurer ses lunettes avec de l'encre noire. Depuis que j'ai lu les *Mystères de Paris*, je suis tourmenté par la démangeaison d'imiter Rodolphe.

— Attention! fit Groslier, le spectacle commence. — Monsieur Baverot, vous m'avez prêté cent francs ce matin, les voici. Vous plairait-il de me rendre le reçu que vous avez exigé de moi?

— Tiens! dit Marty, il t'avait demandé un reçu?

— Parbleu!

— Et des intérêts?

— Non, mais je vais les lui servir... les intérêts.

— C'est que, répondit Baverot flairant une mauvaise affaire et cherchant à gagner la porte, c'est que je n'ai pas ce reçu sur moi. Il est, je crois, dans le tiroir de mon bureau.

— Pardon, vous l'avez mis dans votre portefeuille, répliqua Groslier en passant entre la porte et le commis principal, et votre portefeuille est dans votre poche.

— Vous pouvez avoir encore besoin de cet argent; au moment du premier de l'an...

— Je n'en ai plus besoin.

M. Baverot remit le reçu à Groslier.

— Et puis, ça n'est pas fini, fit ce dernier.

— Comment? soupira le commis principal.

— Et les intérêts, mon bon?

— Oui, les intérêts, dit Marty joyeusement, les intérêts. Groslier n'est pas un ingrat. Il paye les intérêts et le principal à la fois.

— Les intérêts, balbutia M. Baverot, je n'en demande pas.

— C'est possible, reprit Groslier, mais moi j'en donne. Ah! vous me prêtez cent francs et vous vous dites : Ce petit Groslier, un mendiant, pour cinq pièces d'or, bien reluisantes, ça fera toutes les bassesses du monde. Au besoin ça assassinera un camarade, ça volera, ça diffamera! Et vous ne voulez pas lui prendre d'intérêts! Merci. Or, il se trouve, mon cher monsieur, que le petit Groslier, qui ne paye pas toujours ses petits billets à échéance, parce qu'il n'a que ses appointements pour vivre, est pourtant un honnête homme. Tandis que M. Baverot, lui, n'a pas un sou de dettes. Il peut prêter cinq louis, lui, parce qu'il a vendu son nom pour un peu d'argent et beaucoup de honte. — Eh bien! moi, je dis que M. Baverot est une canaille. Passez-moi le prosaïsme de l'expression.

— Vous oubliez, M. Groslier, fit M. Baverot, que je suis votre supérieur.

— Supérieur! reprirent en chœur tous les employés, qui n'admettaient hiérarchiquement comme supérieurs que les chefs et les sous-chefs. Supérieur!

— Oui, ajouta Groslier, supérieur en infamie! Nous ne vous disputerons jamais cette supériorité-là.

— Je vais me plaindre à M. Delabarre, répondit M. Baverot profitant de la confusion pour sortir.

— Vous ajouterez en même temps que je vous ai traité de menteur, de calomniateur et de... rien du tout, ajouta Groslier qui ne trouvait plus de qualificatif assez énergique pour sa colère.

— C'est très-heureux, répondirent MM. Delabarre et Dubreuil au commis principal qui était venu leur raconter sa déconvenue, plus il y aura de bruit et de scandale, moins Dufresne s'en relèvera. Vous serez sous-chef, cher ami, vous serez sous-chef et vous ferez payer à ces jeunes gens toutes leurs impertinences.

Comme Georges Dufresne, très-mécontent de sa journée et des scènes diverses où son nom avait figuré et qui commençaient déjà à se colporter de bureau en bureau, se disposait à quitter le ministère, un huissier du cabinet vint l'avertir que le secrétaire-général le priait de passer sur-le-champ chez lui.

V

Le petit appartement qu'habitaient rue Bleue Georges Dufresne et sa maîtresse rayonnait de propreté et d'élégance. C'était un nid douillet et confortable, soigneusement capitonné contre tous les inconvénients inhérents à la médiocrité. Les femmes aimantes possèdent seules le talent d'édifier ces petits paradis matériels où nul bruit du dehors ne rappelle qu'on est plus de deux au monde.

Louise Séjan poussait la science et le culte du chez soi jusqu'à ses dernières limites.

Elle avait compris son rôle. Auprès d'elle, il

16

fallait que Georges oubliât ou tout au moins ne se souvint pas. Un désir ou un regret dans son âme devait lui faire perdre — et elle le savait bien — plus de terrain que les conseils de parents austères ou d'amis vigilants. Aussi l'appartement tout entier et les habitudes de la maison étaient machinés comme la chambre à coucher.

La salle à manger était petite, mais chaude en hiver et fraîche en été. Les repas qui s'y servaient ne se composaient que de plats choisis et artistement traités. Georges ne mangeait pas beaucoup, mais il aimait les choses délicates. Louise avait étudié la cuisine dans les bons auteurs et dirigeait habilement les élucubrations culinaires de son unique domestique, de telle sorte qu'elle ménageait chaque jour à son amant la surprise de bons petits dîners.

En regardant en arrière dans la maison maternelle, Georges dut plus d'une fois philosopher sur cet étrange illogisme du hasard qui donnait à Louise — que la bourgeoisie repoussait comme indigne — les vertus domestiques et la poésie du foyer si chères aux âmes bourgeoises. Des réflexions de ce genre étaient bien faites pour effacer dans l'esprit de Georges ce qui y restait encore de fidèle aux convenances usuelles de son milieu et aux ha-

bitudes de juger que laissent dans une âme droite
l'éducation et la morale inflexible de la famille.
C'était bien là-dessus que comptait Louise. Elle
veillait avec une infatigable sagacité sur Georges.

Sa conversation avec M. Garnier se représentait sans cesse à sa mémoire. Et, depuis ce jour
où elle avait nettement formulé les droits de la
femme illégitime, elle livrait un combat actif,
incessant et sans quartier aux aspirations que
l'ami de Georges lui avait dénoncées. Elle
cherchait à être à la fois épouse et maîtresse,
amie et amante, et à tenir à elle seule toutes ces
places, dans le cœur de celui dont elle voulait
posséder la vie. Mais ce n'était point par les vides,
que le défaut complet de moralité sociale et
l'absence de relations solides laissaient dans cet
intérieur, que les ennemis du repos et de l'amour
de Louise pénétrèrent dans la place.

Si prévoyante que soit une femme, elle ne
saurait se garder également partout à la fois.
Louise n'avait point songé qu'invulnérable à la
maison, grâce à l'égoïsme de Georges qui trouvait
son compte à se laisser chérir et mignotiser *ad
æternum* — le lien qui les réunissait pouvait
être sérieusement compromis par les côtés exté-
rieurs de la vie de son amant.

.Des confrères de Georges, elle ne connaissait que Jacquet. Doux, bon et loyal, ce camarade indulgent avait laissé sa femme fréquenter Louise. Il n'y avait vu aucun danger. Le ménage de Georges était si uni, si pareil au sien, si éloigné des relations interlopes — la plaie des unions en dehors de la loi — que, pour lui, l'épaisseur d'une formalité civile et d'une cérémonie religieuse ne devait point le séparer d'un ami. Cette faiblesse d'un homme de bien avait augmenté la hardiesse de Louise et elle pouvait se croire l'épouse de Georges puisqu'on la traitait comme telle.

Aussi, lorsqu'après cette journée d'angoisses, le front plissé par les soucis, la figure contractée par l'humiliation, Georges rentra au logis, il ne lui vint pas à l'idée, en le voyant pâle et défait, qu'il put lui être arrivé un malheur, surtout un malheur mitoyen de son bonheur à elle.

Elle le crut malade. Après l'avoir embrassé comme d'habitude, elle essaya de le réconforter par quelques tendresses, mais Georges ne songeait même point à répondre aux caresses de Louise et demeurait accablé sous le poids de ses réflexions.

— Tu ne m'embrasses pas? fit-elle.

— Je souffre, répondit Georges en la baisant au front.

— Qu'as-tu? où as-tu mal?

— Partout, dit Georges se laissant tomber sur un fauteuil.

— Jacqueline, cria Louise appelant la domestique, apportez les pantoufles et la robe de chambre de monsieur.

Georges se laissa déshabiller comme un enfant.

— Mais qu'as-tu donc? lui répétait Louise; y a-t-il longtemps que tu souffres?

VI

Abimé dans les amertumes d'une ambition
déçue, Georges, silencieux, songeait à l'entretien qu'il venait d'avoir avec le secrétaire-général. Ce haut fonctionnaire, homme du monde,
honnête et d'un sens droit, portait un sincère
intérêt à Dufresne dont il avait autrefois connu
le père. Peu accessible aux clabaudages des
coteries subalternes, il avait cependant dû tenir
compte des rapports défavorables que les chefs
de son jeune ami lui avaient transmis sur sa vie
privée. M. Delabarre avait parlé d'habitudes invé-
térées de désordre, d'introduction d'une maî-

tresse dans les familles honnêtes, de tromperies indignes d'un galant homme, enfin d'actes d'insubordination provoqués dans le bureau par Georges et qui tendaient à détruire la hiérarchie et à entraver le service.

Des grands mots pour de petites choses. Toujours la même histoire. Georges eut dû cependant le prévoir.

Dans un milieu voulu et convenu comme une grande administration publique, la vie est aussi vitrée et transparente que dans une petite ville de province. Un homme y relève de ses chefs, de ses camarades et de ses inférieurs bien plus que de sa conscience. Avant son plaisir, sa commodité, son bonheur, il lui faut placer d'abord la règle, puis les convenances. Il ne suffit pas qu'un commis soit un commis de dix heures du matin à quatre heures du soir, il convient qu'il le soit encore de quatres heures du soir à dix heures du matin. Le *perinde ac cadaver* s'applique au commis autant qu'au jésuite. Aussi, pour les natures tendres, vigoureuses, intelligentes ou brutales, un bureau est une prison de verre dont elles brisent les murs au premier jour, à moins qu'elles ne se résolvent à amoindrir leurs généreux instincts et l'exubérance de leur ardeur.

L'ambition est le seul dérivatif d'une vie dont toutes les phases sont notées à l'avance comme les cinq figures d'un quadrille, de laquelle l'imprévu est sévèrement banni comme immoral et où il est expressément défendu d'utiliser ses appétits et ses passions. L'ambition sauve donc quelquefois l'intelligence à quelques-uns de ces malheureux qui se noient dans la carrière administrative. C'est ce qui explique pourquoi les directeurs et les chefs de division, à peu d'exceptions près, sont gens de goûts et de sentiments élevés, tandis que les vieux employés n'ont plus figure, esprit ni langage humains. L'écorce a été rongée par la poussière des cartons, qui a en même temps obscurci les facultés.

Lorsque vous rencontrez de ces vieillards proprets, méticuleux, bons marcheurs, amateurs de constructions et de muséums, collectionneurs de boutons d'uniformes ou de pattes de homards, qui croient en leur journal plus qu'en l'évangile et déclarent, sans l'avoir lu, que Voltaire est un dieu, qui admirent passionnément en politique, en art et en littérature toutes les rengaines faciles caractérisant les écoles avortées, vous n'avez point à leur demander à quoi ils ont utilisé leur passage sur la terre.

Qu'ils se campent fièrement dans les rangs de l'opposition pour l'opposition ou dans ceux des amis de l'ordre, de la propriété et de la famille — opinion plus convenable à leurs âmes candides — soyez certains que s'il il y a jamais eu en eux les aspirations d'un poète ou d'un artiste, le rateau de la hiérarchie les a nivelés pendant trente-cinq ans au profit de *l'intérêt bien entendu du service* d'une mairie, d'une préfecture ou d'un ministère.

Georges Dufresne avec une maîtresse devait renoncer à tout espoir d'avancement. Comme le lui fit très-nettement comprendre le secrétaire-général, un homme public n'a pas de vie privée. Sa vie participe de ses fonctions. De plus, les chefs d'une administration, dépositaires de la règle, ne peuvent sans danger préférer à de bons pères de famille des gens immoraux ' — c'est l'expression consacrée — qui vivent avec des femmes — autre expression consacrée.

— Mais, répondit Georges, si ces bons pères de famille sont incapables? C'est là où est le danger!

— L'honorabilité plaide en leur faveur.

C'est-à-dire que je ne suis pas un homme honorable?

— Je ne dis pas cela, reprit le secrétaire-général, mais avec vos idées vous eussiez mieux fait d'être artiste.

— Enfin, dit Georges irrité, dans mon bureau, il n'y a que Baverot qu'on puissse m'opposer et il est moins ancien que moi.

— On le préférera pourtant !

— Parce qu'il est marié ?

— Non pas parce qu'il est marié, mais parce qu'étant en position pour avancer, on ne peut lui objecter, comme à vous, une circonstance désastreuse.

— J'aime mieux cependant être dans ma position que d'avoir épousé la femme de Baverot.

— Vous, peut-être, mais le monde ?

— Le monde ! le monde ! Ce n'est pas le monde qui fera la besogne, et Baverot est incapable.

Georges, on le voit, se révoltait contre *le monde*. Ainsi que Louise, il refusait de se soumettre à cette convention sociale au nom de laquelle l'opinion dénonce et punit toute infraction aux mœurs et aux usages adoptés.

— Je n'en dois pas moins veiller, reprit le secrétaire-général, à ce que les employés de l'administration qui se croient assez indépendants pour s'affranchir des règles de la morale ne reçoivent pas d'avancement. Comme directeur, il ne m'appartient pas de vous contraindre à modifier votre manière de vivre. Je vous en prie parce que je suis votre ami, parce que j'ai intimement connu votre bon et excellent père et aussi à cause de votre vieille mère dont vous attristez les derniers jours. Mais mon devoir — et je le remplirai quoiqu'il m'en coûte — est de vous déclarer que je ne vous proposerai pour une récompense qu'après que vous serez rentré dans la voie régulière.

Une déclaration aussi nettement formulée dix jours avant la fin de l'année, alors qu'il n'avait plus le temps de parer le coup qui l'assaillait, était bien faite pour accabler Georges.

Louise insistait en vain auprès de lui pour qu'il dît enfin la cause de son mal. Georges réfléchissait toujours.

A quel parti devait-il s'arrêter?

On ne renonce pas facilement à ce que l'on considère comme vous revenant de droit. Surtout lorsque cela doit être donné à un autre et que l'on hait cet autre.

Nous devons dire à l'honneur de Georges que l'idée ne lui était point venue d'abandonner Louise et de la sacrifier à ses intérêts. Bien que

faible de caractère, Dufresne était un homme
d'honneur incapable d'une lâcheté ou d'une trai-
trise. Son imagination ne s'ingéniait point à
trouver un sujet de querelle gros d'une séparation. Non, il acceptait au contraire carrément
les difficultés qui l'entouraient, et ce qu'il pour-
suivait dans son silence, c'est le moyen de lutter
contre l'autocratie directoriale qu'il jugeait injuste
et grotesque et de la tromper s'il était possible
par un subterfuge.

Une fausse position fausse toujours le jugement. Georges qui, dans sa colère, eut tout au
plus concédé que sa vie — bien qu'il la cachât
— fut répréhensible, refusait obstinément d'ad-
mettre qu'au nom de l'exemple, au nom même
de sa propre sécurité, le monde a toujours le
droit de persécuter les révolutionnaires intimes
qui cherchent à retourner ses vieilles institutions
et qui les combattent par l'inobservation de ses
coutumes.

Aussi lorsqu'il leva les yeux et qu'il vit ceux
de Louise anxieusement attachés sur lui, il
ressentit une impression pénible et tout à
fait nouvelle. Louise pour la première fois
entrait dans ses affaires — involontairement,
il est vrai, mais d'une façon désastreuse. La

17

distraction, le repos, le plaisir qu'elle lui apportait se changeaient subitement en ennuis, en déboires et en chagrins. Il payait d'un seul coup sept années de bonheur anonyme. Telle fut la première sensation que lui causa la présence de Louise, et bien qu'il fut forcé de convenir qu'elle n'était point plus coupable que lui, il ne put si bien dissimuler ses pensées qu'elles ne vinssent modifier sa physionomie.

— Tu ne m'as jamais regardée ainsi, fit Louise, certainement il s'est passé aujourd'hui quelque chose d'extraordinaire.

— Rien, répondit Georges, je suis malade, voilà tout ! J'ai la migraine !

— Il faut te coucher.

— Non, j'ai à sortir ce soir. J'ai besoin de prendre l'air.

— Tu n'es pas malade, reprit Louise inquiète, tu n'es pas malade ? Bien sûr, il t'est arrivé quelque chose à ton bureau ?

— Que tu es enfant ! fit Georges brusquement ; que veux-tu qu'il me soit arrivé ? puisque je te dis que je suis indisposé.

— Tu as eu une querelle peut-être ?

— Non ! non ! non ! parlons d'autre chose.

— Puisque tu veux changer la conversation, c'est que j'ai deviné juste.

— Allons, dit Georges impatienté, oui, il m'est arrivé une affaire désagréable. Mais c'est fini, c'est terminé... un dossier égaré... je ne l'ai retrouvé qu'après quatre heures. Voilà pourquoi j'arrive tard.

— Tu me trompes, répondit Louise, et tu mens mal. Je saurai la vérité par Jacquet.

— Je te défends de rien lui demander. Après tout, mes affaires ne regardent que moi.

Louise se mit à pleurer dans un coin de la chambre.

— C'est un joli régal que tu me fais là, dit Georges en s'approchant d'elle. Je travaille toute la journée comme un forçat, et le soir, pour me distraire, madame pleurniche.

— Pourquoi ne veux-tu plus me confier tes chagrins? répliqua Louise d'une voix entrecoupée par les sanglots; autrefois tu me disais tout. Tu ne m'aimes plus comme autrefois. Je ne suis plus rien pour toi.

— Les grands mots maintenant. Pourquoi ne dis-tu pas tout de suite que je te rends malheureuse? Faut-il te répéter vingt fois que c'est une simple contrariété de boutique? Je n'y pense plus. Depuis quand madame, ajouta-t-il en la prenant sur ses genoux comme un enfant et en l'embrassant, depuis quand madame s'oc- cupe-t-elle des affaires du bureau? Est-ce que je la questionne sur le ménage moi? Est-ce que je lui demande combien Jacqueline met d'oignons dans la soupe? Allons dîner! Çà vaut mieux que de se faire du chagrin.

Le dîner fut triste. Georges touchait à peine à son assiette. Louise comprimait mal ses lar- mes. Pour que Georges — si confiant d'ordi- naire avec elle — refusât de lui conter ce qui le préoccupait, il fallait que ce fut bien grave. Une vague inquiétude parcourait tout son être et lui disait qu'elle était certes en jeu dans tout ceci. Justement, parce qu'elle n'avait rien à se repro- cher, la pauvre femme n'employa aucun artifice pour cacher sa douleur. Un sanglot s'échappa de sa poitrine.

— Allons, dit Georges en lançant sa serviette loin de lui, je ne dînerai même pas en repos.

Il se leva de table et se retira dans la cham- bre à coucher. Comme il repassait quelques minutes après par la salle à manger, son chapeau sur la tête et son paletot sous le bras, il vit Louise renversée sur sa chaise, les yeux inondés de larmes et se tordant dans des spasmes nerveux.

— Quand je rentrerai, lui dit-il, j'espère que tout cela sera fini.

— Mon Dieu! que peut-il avoir? se dit la malheureuse femme; que peut-il avoir pour qu'il se conduise ainsi? Jamais il ne m'a traitée durement. Et s'en aller quand il a du chagrin au lieu de se consoler en me le racontant. Il faut absolument que je sache ce qui le tourmente. Je vais aller chez Jacquet.

C'est ainsi que Louise connut la vérité que Georges, par délicatesse, voulait lui cacher. Jacquet, nous l'avons vu, n'était rigide que pour lui. S'il blâmait Georges Dufresne, il le plaignait encore plus et prenait part aux déceptions que lui attirait sa liaison. Cependant il n'allait point — surtout dans les circonstances présentes — jusqu'à l'encourager à persévérer dans l'illégitimité finale. Ce fut donc sans difficulté et avec le désir de voir Louise prendre d'elle-même une résolution dont Georges ne semblait point disposé à accepter la responsabilité, qu'il lui raconta tous les événements de la journée, y compris même l'entretien de Georges avec le secrétaire-général.

17.

— Il est donc vrai, fit Louise éplorée, que je suis un obstacle à l'avancement de Georges?

— Je ne vous l'aurais point dit le premier, répondit Jacquet, mais puisque vous m'interrogez, je dois en convenir.

— Et si je le quitte, il sera nommé sous-chef?

— Je le crois.

— Mais, reprit-elle, s'il m'aime mieux qu'une place de sous-chef?

— C'est possible encore aujourd'hui, mais dans cinq ans, dans dix ans, quand l'amour sera passé, il se souviendra que sans vous il serait quelque chose.

— Demain peut-être? fit Louise rêveuse.

— Demain peut-être! répéta Jacquet.

— Je vous remercie, répondit la pauvre femme en disant adieu à Jacquet, c'est tout ce que je voulais savoir.

Sa résolution était dès lors formellement prise.

VII

Georges était sorti de chez lui la tête et le sang
en feu. Il était sorti avec l'intention de s'isoler, et
pour donner audience à ses douleurs et à ses espérances.

« Je gaspille ma vie à plaisir, se disait-il, je ne
suis qu'un sot et c'est à moi seul que je dois m'en
prendre de tout ce qui m'arrive. C'est aussi par
trop niais d'avoir cédé à Louise lorsqu'elle a voulu
que je vinsse demeurer avec elle. Mais les femmes
sont comme cela : tout ou rien. Çà m'a donné une
jolie réputation et j'en recueille aujourd'hui les
fruits. Il faut que dès ce soir cet état de choses

cesse. Je n'ai pas besoin de me brouiller avec Louise pour cela. S'il n'est pas convenable de vivre avec sa maîtresse, il est parfaitement admis dans le monde qu'un jeune homme ne peut se passer d'en avoir une. Lorsque j'aurai remis mon existence sur le pied où elle était autrefois, je défie les pudeurs les plus effarouchées de la bureaucratie d'y trouver à redire. Louise pleurera un peu. Je lui donnerai le cachemire dont elle a tant envie ; çà me coûtera un billet de mille francs, mais il ne faut rien épargner quand il s'agit de son avenir.

Tout en ruminant ce petit coup d'État et les artifices de langage dont il fallait habiller les arguments sans réplique qui devaient convaincre Louise, il reprit le chemin du domicile commun. Il comptait que cette obéissance spontanée aux conseils de son vénérable directeur étoufferait dans leur germe les cabales montées contre lui et se réjouissait d'avance de la mine déconfite de Baverot, de Dubreuil et de tous les autres conspirateurs qui en voulaient à son avancement.

C'était donc le cœur satisfait et tout à la fois ému de la conversation qu'il allait avoir avec Louise qu'il ouvrit la porte de la chambre à coucher où l'attendait un spectacle dont il n'avait point prévu la possibilité.

Accroupie au milieu de la chambre, Louise, pâle et toute tremblante de résolution, entassait dans une immense caisse de voyage des robes, du linge, des schalls, enfin tous les objets de toilette à son usage. L'armoire à glace ouverte, les tiroirs tirés ou à terre, les hardes éparpillées sur les sièges, donnaient à l'appartement, habituellement calme, rangé et voluptueux, une apparence de tumulte et de désolation qui terrifia Georges et lui fit sur-le-champ oublier ses belles résolutions. Il s'élança vers Louise et l'entourant amoureusement de ses bras :

— Tu voulais me quitter ! fit-il.

— Oui, répondit-elle.

Et elle laissa tomber sa tête sur la poitrine de Georges. Elle n'avait pas prévu qu'il dût revenir sitôt et ne s'était pas préparée à une explication. Elle la considérait d'ailleurs comme au-dessus de ses forces et ne l'eut acceptée volontairement à aucun prix.

Sa résolution une fois prise, elle l'exécutait froidement, en femme déterminée qu'elle était. Mais braver les tendresses, les transports de colère, les regrets et les doux souvenirs qu'amènent toujours les derniers baisers, elle ne le voulait point. Elle n'aurait pu après accomplir

son sacrifice. Aussi la présence de Georges pro-
duisit sur elle un si grand effet que lorsqu'il
voulut la relever il s'aperçut qu'elle s'était éva-
nouie entre ses bras. Il la transporta sur le lit,
lui fit respirer des sels et l'appelant de tous ces
petits noms délicieux qu'inventent les mères
pour leurs nouveaux nés et les amants pour leurs
plus jeunes amours, il lui frappait dans les
mains, l'embrassait sur les tempes et se désolait
comme si elle eut été vraiment en danger de
mort.

Louise rouvrit bientôt les yeux. Son évanouis-
sement provenant d'une secousse morale et non
d'un mal physique ne pouvait être de longue
durée. Dès qu'elle eut repris ses sens, elle
saisit convulsivement Georges par la tête et
l'embrassa frénétiquement sur le front à plusieurs reprises, puis elle se laissa retomber sur
le lit. Cet effort lui avait de nouveau enlevé ses
forces.

— Pourquoi voulais-tu me quitter, lui dit
Georges doucement; pourquoi, sans me prévenir
allais-tu partir? Est-ce à cause de ma mauvaise
humeur de ce soir? Es-tu enfant! Je revenais
pour te demander pardon.

— Je sais tout, répondit Louise, j'ai vu Jacquet.

— Eh bien ! çà n'est pas une raison pour t'en aller.

— Si, puisque c'est moi qui nuis à ton avancement.

— Jacquet t'aura fait quelque conte à dormir debout. Il t'aura exagéré…

— Jacquet ne m'a point fait de conte et n'a rien exagéré. Ce qu'il m'a dit est vrai et c'est à moi à te demander pardon d'avoir été assez égoïste pour ne songer qu'à mon bonheur sans m'occuper du tien. Je suis bien punie aujourd'hui de n'avoir point voulu croire qu'une pauvre fille comme moi n'est point faite pour rendre un homme complètement heureux.

— Qu'est-ce qui t'a dit que je n'étais pas heureux ? A qui me suis-je plaint ?

— Oh ! fit Louise, tu veux être sous-chef.

— Non, je ne veux pas être sous-chef. Je veux que tu sois gaie, que tu ries et que tu ne songes plus à me quitter.

— Et moi, reprit Louise, je veux que tu sois sous-chef, et pour cela, je te dis : mon ami, depuis que je te connais, tu ne m'as jamais fait de peine, tu ne m'as jamais causé le plus petit chagrin, je te remercie de tout le bonheur que tu m'as donné. Cependant séparons-nous. Au-

jourd'hui tu m'aimes encore ; mais si je pesais
plus longtemps sur ton avenir, tu aurais le droit
de me détester. Georges, je te le répète, il faut
nous séparer.

— Qu'est-ce que tu viens me conter là ? fit alors
Georges affectant un ton d'insouciance, je parie
que Jacquet ne t'a dit que la moitié de l'affaire.
Tout est arrangé maintenant. Je serai sous-chef.
Peut-être pas cette année — mais l'an prochain,
pour sûr. Dame, j'ai le temps d'attendre, je suis
le plus jeune commis principal de la direction.
Allons, ma petite femme, chassez ces vilains pa-
pillons noirs et laissez vous rendre heureuse. Ce
soir, j'ai songé à tes étrennes...

— Non, mon ami, répliqua Louise avec fermeté, vous cherchez en vain à me donner le
change. Je vous aime trop pour ne pas savoir tout
ce que votre cœur renferme de bonté. Vous voulez m'épargner, mais je connais maintenant l'é-
tendue de mes devoirs et je n'y manquerai pas.

— Qu'est-ce que cela veut dire ? tu ne me tu-
toies plus maintenant. Je veux que tout ceci
finisse, dit Georges en frappant du pied. Je veux
être le maître chez moi. De quel droit Jacquet
vient-il s'immiscer dans mon intérieur ? Demain,
je lui dirai son fait.

— Mon ami, c'est moi qui ai supplié Jacquet de me dire ce qui t'attristait. Lui avais-tu défendu de le faire?

— Non, mais...

— Alors tu n'as rien à lui reprocher. C'est sur moi que doivent retomber les conséquences d'une confidence que j'ai sollicitée et qui me permet de réparer peut-être à temps le mal que j'ai fait.

Les femmes comme Louise s'immolent volontiers pourvu que leur sacrifice ne dure pas trop longtemps. Leur imagination facilement inflammable se plaît dans ces fantasmagories de martyre, dans ces effigies d'abnégation où leur beauté s'idéalise, où leur puissance se décuple. Elles commettent sérieusement ces naïves scélératesses et gardent éternellement la conviction profonde qu'elles ont véritablement mérité le prix Monthyon pour une bonne action imaginaire qu'elles ont eu — pendant un quart d'heure — l'intention sincère d'accomplir. Louise en ce moment mettait des fleurs sur son autel et s'identifiait avec son dévouement. Mais plus elle s'entêtait dans son projet de séparation, plus Georges voulait la garder près de lui, plus il oubliait les plans qu'il avait formés pendant sa promenade solitaire.

— Et si je ne veux pas être sous chef? répéta-t-il à bout de bonnes raisons. Si je préfère vivre auprès de toi? Si je me trouve bien comme je suis? Qu'est-ce qui peut y trouver à redire? Qu'est-ce qui a le droit de s'y opposer? Ne suis-je pas mon maître? C'est trop fort que tu veuilles absolument savoir miéux que moi ce qui peut me rendre heureux !

— Tu te repentiras, répondit Louise qui ne demandait pas mieux que de faiblir. Tu te repentiras et alors...

— Je ne me repentirai pas.

— Tu es de bonne foi en le disant mais plus tard ?

— Plus tard ce sera comme aujourd'hui.

— Promets-moi au moins que si jamais tu avais des regrets, c'est à moi la première que tu le dirais.

— Je n'aurai pas de regrets, fit Georges enlaçant de nouveau sa maîtresse dans ses bras, et je t'aimerai toute ma vie parce que tu es la meilleure créature que je connaisse.

Et Georges mordit à belles dents aux fruits murs et savoureux du raccommodement.

Dans la vie à deux il faut se garder avec soin de ce miel de la Saint-Martin que distillent les querelles domestiques. Les femmes, ces comé-

diennes diplomates dont l'unique ambition per-
mise est de régner tyranniquement sur un cœur,
fomentent des émeutes dans leurs propres États
pour avoir l'occasion d'octroyer des amnisties.
Elles savent relever par des piments toujours
nouveaux la vieille sauce amoureuse et leur
habileté consiste à servir toute leur vie le même
plat différemment accommodé.

Tel n'était point précisément le fait de Louise.
Sa grande force provenait de son dévoûment
et de son amour pour Georges. On aurait bien
pu lui reprocher un peu de cet égoïsme qu'on
trouve au fond de toute affection, mais il dis-
paraissait à ses propres yeux sous la conviction formelle qu'elle rendait son amant heureux.
Georges, lorsqu'un sentiment extérieur ne le
dominait point, se donnait tout entier à Louise ;
les témoignages incessants de sa passion et de
son estime — je joins exprès ces deux mots
si différents — maintenaient la pauvre fille dans
ses illusions.

Georges, qui s'était autrefois mutiné contre
l'autorité et la fiscalité maternelles, avait abdiqué
entre les mains de Louise. Et Louise n'abusait
point. Elle ne sacrifiait point les intérêts du
ménage à des goûts de toilette au-dessus de

sa condition ou à des idées de prévoyance.

D'ailleurs Louise était jeune, elle était belle et de plus elle ne commandait pas.

Georges fut donc excusable de fermer les oreilles à la raison, à l'ambition et aux convenances sociales et de n'écouter que la voix de son cœur et de sa jeunesse qui lui criaient : Aime et sois aimé !

Louise ne fut donc point coupable de céder en répétant :

— Au moins, dis-le moi, le jour où tu auras des regrets.

Ce qui fit parfaitement les affaires de MM. Dubreuil et Baverot, qui passèrent l'un chef et l'autre sous-chef. Quant à Georges, il demeura commis comme devant.

Pour mon compte, si j'avais été le secrétaire-général, je n'eus nommé ni Baverot ni Dubreuil, j'aurais nommé Jacquet.

Mais que voulez-vous? il n'avait pas de protections !

LA FOIRE AUX AMOURS.

I

Sur la carte du Tendre, dernière édition 1862,
Paris figure comme capitale. Les géographes li-
bidineux, héritiers de Mlle de Scudéri, n'en ont
point ainsi décidé par pur caprice. Leurs savan-
tes et laborieuses recherches ont prouvé que
Paris était bien en effet la capitale de l'empire de
l'amour moderne : capitale politique, climatéri-
que, stratégique et commerciale; capitale vraie,
capitale unique, capitale enviée et qu'un amoureux — digne de ce nom — doit avoir visitée.

Un voyage à Paris pour les amoureux, c'est le
pèlerinage à la Mecque des Musulmans. Les

vrais disciples de Cupidon reçoivent la consécra-
tion à Paris seulement et, je le déclare ici à
la face de l'Europe coalisée, un homme ou une
femme qui a toujours aimé ailleurs qu'à Paris ne
sait pas ce que c'est que l'amour.

A Paris, le sentiment amoureux pousse dans
les rues.

Dans une maison de Paris, on aime depuis la
loge du portier jusqu'à la suprême mansarde ;
je ne serais même point étonné qu'on aimât
dans le sous-sol ; que le tonnelier soupirât en
mettant le vin en bouteilles, et que la bonne
songeât à son pompier en allant à la cave.

A Paris, le salon, l'église, la promenade, la
Chambre des députés, voire même la Chambre
respectable où siège le sénat répercutent des
échos et des propos d'amour.

A Paris, on aime partout et ailleurs, en tout
temps et de toutes les façons ; on aime à la folie,
on aime raisonnablement, on aime avec passion,
on aime le jour, la nuit, le soir, le matin.

Et la garde qui veille aux barrières du Louvre
N'en défend pas nos rois.

Si vous voulez me suivre, ami lecteur, je vais

vous montrer que tous les Parisiens subissent la fièvre d'amour.

Comme les dames de mœurs faciles je prends pour cri de guerre :

Qui m'aime me suive !

Et je pars du pied gauche :

SCÈNE PREMIÈRE.

Un salon bourgeois un soir de bal.

COTÉ DES VIEILLES FEMMES.

Mme BARANGOIS. Athénaïs va sur ses dix-neuf ans. M. Barangois n'a point l'air de s'en apercevoir et pourtant, s'il le voulait, M. Gingonet, son sous-chef, ne demanderait qu'à devenir son gendre.

Mme PERCEPIED. Athénaïs est bien jeune pour M. Gingonet. Un homme de quarante-cinq ans!

Mme BARANGOIS. Mais une position, Mme Percepied, une position! Cinq mille livres de rente! Quatre mille francs de traitement, la croix l'année prochaine! Et Athénaïs n'aura que vingt-quatre mille francs de dot.

Mme PERCEPIED. Vingt-quatre mille francs et des espérances.

Mme BARANGOIS. Des espérances ! Des espérances ! Quand Barangois et moi nous serons morts, ce qui aura lieu le plus tard possible.

Mme PERCEPIED. C'est comme Eulalie, ma seconde fille, nous voudrions bien la marier, mais M. Percepied ne peut rien pour elle.

Mme BARANGOIS. Rien, pas même la plus petite dot !

Mme PERCEPIED. Rien de rien, chère madame Barangois. Percepied prétend qu'une fille aussi belle qu'Eulalie n'a pas besoin de dot et qu'avec sa figure elle doit séduire un millionnaire.

Mme BARANGOIS. Le fait est qu'Eulalie est bien.

Mme PERCEPIED. Et lorsqu'elle est un peu décolletée comme ce soir, elle est tout à fait à son avantage. Elle a les épaules très-grasses et très-blanches. Pour une fille de dix-neuf ans, c'est étonnant comme elle a de la poitrine. Si nous étions assez riches pour recevoir, chère madame Barangois, je ne serais guère en peine d'Eulalie, j'embéguinerais quelque vieux richard de soixante ans et les épaules d'Eulalie feraient le reste.

Mme Barangois (*scandalisée*). Un vieillard! un vieillard! Vous me disiez tout à l'heure que M. Gingonet était trop âgé pour ma fille et vous voulez donner la vôtre à un vieillard!

Mme Percepied (*finement*). Chère Mme Barangois, votre fille aura une dot. Elle est fille unique. Vous avez du bien, elle héritera de vous. Elle peut donc choisir. Tandis qu'Eulalie n'aura rien. Il faut donc qu'on la choisisse. C'est bien différent.

COTÉ DES JEUNES FEMMES.

Mme Aglaé Pincebourde. Joséphine, tu diras tout à l'heure très-haut devant mon mari que nous irons demain matin chez Delille choisir une robe pour toi et faire après des emplettes qui nous tiendront toute la journée.

Mme Joséphine Bigorneau. Tu le vois donc toujours?

Mme Aglaé Pincebourde. Toujours.

Mme Joséphine Bigorneau. Il te fera faire quelque folie.

Mme Aglaé Pincebourde. La plus grande 'est faite maintenant. Le quitter serait en commettre une seconde qui m'amènerait fatalement à une troisième; car, après lui, j'en prendrais certainement un autre.

Mme JOSÉPHINE BIGORNEAU. Et ton mari?

Mme AGLAÉ PINCEBOURDE (*philosophiquement*). Mon mari, je ne le plains pas. Il entretient la plus jolie polkeuse du Casino Cadet. (*Rêveuse*). Je voudrais bien être à sa place!

COTÉ DES JEUNES HOMMES.

ARTHUR PANTINOIS. C'est une belle femme que Mme Pincebourde. Elle valse bien. Et une taille! On en a plein la main.

ISIDORE BERLURET. Son mari est encore un drôle de pistolet. Il a la plus charmante femme du monde et il entretient une espèce de crevette maigre et rougeaude. Tu sais, Fanchon Turco du Casino Cadet.

ARTHUR PANTINOIS (*d'un air avantageux*). Palsambleu! cher bon, elle est trop bleue. Fanchon Turco est la maîtresse de cet idiot de Pincebourde! C'est charmant. Sache donc, mon très-cher bon, que Fanchon Turco n'a rien de caché pour ton serviteur et que Mme Pincebourde, lorsque je l'ai reconduite à sa place après la valse, m'a serré la main d'une façon significative.

Isidore Berluret (*naïf et plein d'admiration.*) Heureux Arthur ! Heureux Pantinois !

COTÉ DES JEUNES FEMMES.

Mme Joséphine Bigorneau. Eh bien ! veux tu que je te le dise ? Aglaé. Moi aussi je suis sur le point de tromper mon mari.

Mme Aglaé Pincebourde. C'est charmant ! Conte-moi donc cela ?

(*Mme Joséphine Bigorneau se penche à l'oreille de Mme Aglaé Pincebourde*).

COTÉ DES DEMOISELLES.

Eulalie Percepied. Julien s'est mis à la fenêtre dans la journée ; il fumait dans sa grande pipe turque, ce qui veut dire qu'il ne manquera pas de venir ce soir. Et il n'est pas encore arrivé !

Athénaïs Barangois. Tu es bien heureuse, toi. Tu es aimée de celui que tu aimes, tandis que moi je suis forcée — à cause de maman — de cacher mon secret au fond de mon âme.

Eulalie Percepied (*moqueuse*). Voyez-vous çà!

Athénaïs Barangois. Tu te moques toujours de moi. Tu n'es pas gentille. Est-ce que je ne compatis pas à tes impatiences quand Julien n'arrive pas à l'heure?

Eulalie Percepied. Ah! le voici qui entre. Il m'a vue. Il salue maman... N'est-ce pas qu'il est joli garçon et que les moustaches lui vont bien?

Athénaïs Barangois (*sombre*). Est-elle heureuse, cette Eulalie! Elle est aimée par celui qu'elle aime.

COTÉ DES JEUNES FEMMES.

Mme Aglaé Pincebourde. Et tu ne lui as rien accordé?

Mme Joséphine Bigorneau (*indignée*). Oh! Aglaé, rien, jamais rien!

Mme Aglaé Pincebourde. Alors ce n'est pas la peine de risquer ton repos. Des lettres, des rendez-vous sur la terrasse des Tuileries, c'est aussi compromettant qu'un déjeuner au Moulin Rouge et c'est moins amusant.

COTÉ DES HOMMES SÉRIEUX.

M. Barangois. Vous dites donc, Bigorneau, qu'elle n'a fait aucune difficulté?

M. Bigorneau. Je l'ai rencontrée rue Neuve des Petits Champs, je l'ai suivie jusqu'à la rue Pigale...

M. Barangois. Vous avez de la patience.

M. Bigorneau. Elle avait une cheville délicieuse. Arrivé à sa porte, au numéro 36, j'hésitais; mais elle s'est mise à sa fenêtre et m'a regardé d'une certaine façon. Que vous dirais-je...

M. Barangois. Ne dites rien, Bigorneau, je vous comprends et je vous remercie de vos indications; j'irai demain. (*A Percepied qui passe à côté de lui*). A propos, compère, et cette affaire de terrains?

M. Percepied. Pincebourde assure que tous ceux qui sont compris dans la zône militaire pourraient être vendus à quatre-vingt francs : il va vous le répéter lui-même. Eh ! Pincebourde, à combien peut-on vendre les terrains compris dans la zône militaire?

M. Pincebourde. A quatre-vingt et même à quatre-vingt-dix.

M. Percepied. Si vous voulez, Barangois et vous Bigorneau, nous nous associerons tous quatre. En quatre-vingt jours nous pouvons réaliser deux cent mille francs ; cinquante mille francs chacun. Vous nous fournirez trente mille francs à vous deux. Je connais un propriétaire qui est pressé, il vendra à quinze ou seize francs. C'est une affaire superbe.

M. Barangois. Des affaires superbes ! des affaires superbes ! Elles sont toujours superbes, les affaires, Percepied, lorsque vous me demandez de l'argent; mais le jour où il s'agit de partager les bénéfices, elles deviennent tout à coup mauvaises.

M. Percepied. Plaignez-vous, Barangois, je vous le conseille; l'an dernier, je vous ai fait gagner vingt mille francs.

M. Barangois. Mais vous m'en avez fait perdre sept mille il y a deux mois.

M. Percepied. Restent treize mille de bénéfice.

M. Barangois. Si Bigorneau met quinze mille francs, je consens à risquer la même somme; mais, voyez-vous, Percepied, c'est bien pour vous rendre service, car je m'étais juré de ne plus tenter de spéculations.

M. Bigorneau. Quinze mille francs! quinze mille francs! Barangois, comme vous y allez! quinze mille francs!

M. Percepied. Quand vous répéterez quinze mille francs! pendant deux heures, cela n'avancera pas les affaires. Barangois met quinze mille francs si vous en mettez autant. Mettez-vous quinze mille francs? *That is the question!*

M. Bigorneau. Dame!... certainement que... mais... si... après tout... c'est que...

M. Percepied *(froidement)*. Vous avez entendu Pincebourde. C'est un homme sérieux et qu'on peut croire. Il vous a dit qu'il se faisait fort de vendre à quatre-vingt-dix francs ce que j'achète seize. Ni lui ni moi n'avons d'argent liquide pour cette opération qui présente des chances certaines de bénéfice. Nous vous demandons les outils en vous assurant la moitié du produit. C'est clair, net et limpide. Répondez oui ou non.

M. Bigorneau (*toujours hésitant*). Dame!... certainement que... mais... si... après tout... c'est que...

M. Percepied *(ironique)*. Vous savez, Bigorneau, si, outre les cinquante mille francs, vous voulez aussi la croix d'honneur, Barangois, qui est au ministère, pourra la demander pour vous. (*Poussant Pincebourde du pied.*) Après cela, si vous vous méfiez, nous pouvons, Pincebourde et moi, tenter fortune ailleurs. On a plus d'un arc pour lancer sa flèche... N'est-ce pas, Pincebourde?

M. PINCEBOURDE. Justèment, ce soir, je dois voir, tu sais chez qui, rue Cadet — chez cette dame... — un israélite bordelais.

M. PERCEPIED. Nous lui en parlerons.

M. BARANGOIS. C'est inutile, mes enfants, je ferai les trente mille francs à moi seul.

M. BIGORNEAU. Ah! Barangois, c'est mal; vous saviez que l'affaire était bonne et vous ne m'avez pas prévenu, moi qui, tout à l'heure encore, vous donnais une adresse...

COTÉ DES VIEILLES FEMMES.

Mme BARANGOIS. Mais je croyais que M. Percepied avait gagné autrefois pas mal d'argent dans les terrains?

Mme PERCEPIED. Il en a en effet beaucoup gagné, mais il en a perdu encore plus dans la bâtisse.

Mme Barangois. Une belle affaire peut vous relever.

Mme Percepied. Une mauvaise peut nous couler tout à fait. Ah ! Si Eulalie pouvait faire un beau mariage !

COTÉ DES JEUNES HOMMES.

Arthur Pantinois. Monsieur Julien Davelouis, votre très-humble. Vous avez toujours des gilets épatants. Ils vous vont d'un chic suprême. Allez donc résister à un homme qui a des gilets taillés de cette façon ? Une femme ne le voudrait pas. — Qu'est-ce qui vous fait vos gilets ?

Julien Davelouis. Mon concierge.

Arthur Pantinois. Son concierge ! Elle est toujours bonne, celle-là. O égoïste ! qui garde pour lui un tailleur aussi habile. O égoïste !

Isidore Berluret (*avec conviction.*) Il est certain que M. Julien Davelouis a de bien jolis gilets.

Julien Davelouis. Ah çà ! est-ce une gageure et avez-vous fait complot de me turlupiner ainsi avec mes gilets ? Ils sont jolis, mes gilets. Soit. Mais est-ce une raison pour le crier par-dessus les toits ?

ARTHUR PANTINOIS. Cela est vrai, Isidore va toujours trop loin. Parlons d'autre chose. Et les amours ? monsieur Davelouis.

JULIEN DAVELOUIS. Les amours ! connais pas.

ARTHUR PANTINOIS. Faites donc le discret. On connaît de vos tours.

JULIEN DAVELOUIS. De mes tours... à moi ! Vous vous méprenez. Je suis aussi pur que Joseph.

ARTHUR PANTINOIS. Est-ce possible ?

JULIEN DAVELOUIS. Cela est si possible que cela est. Je travaille, je vais un peu dans le monde et j'aime à droite et à gauche... sur le pouce.

ARTHUR PANTINOIS. Un homme comme vous... ah !

ISIDORE BERLURET. Ah ! un homme comme vous !

JULIEN DAVELOUIS (*gaiement*). Et où aimez-vous donc ? vous, mes jeunes gentilshommes.

ARTHUR PANTINOIS. Isidore fait la cour à Mlle Eulalie Percepied, qui ne le voit pas d'un mauvais œil.

JULIEN DAVELOUIS. C'est admirable.

ARTHUR PANTINOIS. Quant à moi, je suis du dernier mieux avec une ballerine du Cas-Cad, la charmante Fanchon Turco et je crois que, si je m'en donnais la peine, la femme de cet idiot de Pincebourde ne refuserait pas de me vouloir quelque bien.

JULIEN DAVELOUIS. De mieux en mieux.

ARTHUR PANTINOIS et ISIDORE BERLURET (*ensemble*). Vous ne nous croyez point?

JULIEN DAVELOUIS. Pas le moindrement, mes jeunes seigneurs, pas le moindrement : une fille honnête ne voit d'un bon œil que celui qu'elle veut épouser et le jeune Isidore Berluret, hier encore philosophe du collége Charlemagne, n'est point mûr pour l'hymen. Une femme mariée ne se donne point à des enfants qui le diraient tout haut comme vous le faites, mon cher monsieur Pantinois. Enfin, Fanchon Turco n'est la maîtresse que de gens qui paient trop cher ou de gens qui ne paient pas assez. Donc, mes jeunes gentilshommes, je vous le dis : vous-êtes des blagueurs.

ARTHUR PANTINOIS et ISIDORE BERLURET. Il nous appelle blagueurs! Ce Julien a toujours le mot pour rire.

LA CONTREDANSE.

ARTHUR PANTINOIS (*à madame Pincebourde avec*

laquelle il danse). Ce bal est délirant. Etiez-vous samedi chez madame de Gramuchard?

Mme Pincebourde *(sèchement).* Mon mari ne la connaît pas. (*A Julien Davelouis qui fait vis-à-vis avec Eulalie Percepied).* Monsieur Davelouis, j'irai demain voir madame votre mère.

Julien Davelouis. A quelle heure, madame, que je la prévienne?

Mme Pincebourde. Avant son déjeuner. A onze heures.

Eulalie Percepied (*bas à Julien).* Votre mère connaît donc Mme Pincebourde?

Julien Davelouis. Oui, depuis quinze ans.

Eulalie Percepied (*rêveuse).* Ah!

Mme Pincebourde. A-t-elle vendu son moulin?

Julien Davelouis. Non, madame.

Mme Pincebourde. Peut-on le voir?

Julien Davelouis. A vos ordres.

Eulalie Percepied. Votre mère a donc un moulin à vendre?

Julien Davelouis. Oui.

Eulalie Percepied (*de plus en plus rêveuse).* Ah!

(*On fait la chaîne des dames, en passant à côté de Julien, Mme Pincebourde lui serre la main).*

Eulalie Percepied. Ah! Julien, vous avez quelque chose ce soir.

ARTHUR PANTINOIS (*à Mme Pincebourde*). Ce bal est délirant. Aurai-je l'honneur de vous voir demain au bal de la comtesse de Mistengrille?

Mme PINCEBOURDE (*sèchement*). Mon mari ne la connaît pas.

COTÉ DES VIEILLES FEMMES.

Mme BARANGOIS. Qu'est-ce que c'est que ce jeune homme qui danse avec votre fille?

Mme PERCEPIED. C'est Julien Davelouis, le fils de notre propriétaire.

Mme BARANGOIS. Un joli cavalier!

Mme PERCEPIED. Il aura quarante mille livres de rente.

Mme BARANGOIS. Voilà le gendre qu'il vous faudrait.

Mme PERCEPIED. Les hommes de l'âge de Julien n'épousent pas les filles pauvres.

COTÉ DES JEUNES HOMMES ET DES DEMOISELLES.

EULALIE PERCEPIED (*à Julien qui la reconduit à sa*

place). Décidément, Julien, vous avez quelque chose ce soir.

JULIEN DAVELOUIS. Cette nuit, ma petite Eulalie, viens m'ouvrir à deux heures la porte de l'escalier de service.

EULALIE PERCEPIED. Ah! Julien, où cela nous mènera-t-il? Et pourquoi ne parles-tu pas dès ce soir à ma mère?

JULIEN DAVELOUIS. Cette nuit, je t'expliquerai. Encore cette nuit!

COTÉ DES JEUNES FEMMES.

Mme AGLAÉ PINCEBOURDE. Je lui ai donné rendez-vous pour demain, à l'heure du déjeuner, au Moulin Rouge.

Mme JOSÉPHINE BIGORNEAU. Devant tout le monde?

Mme AGLAÉ PINCEBOURDE. Oui, mais il n'y a que lui qui m'ait comprise.

Mme JOSÉPHINE BIGORNEAU (*soupirant*). Il est bien mieux que ton mari!

Mme AGLAÉ PINCEBOURDE. On est toujours mieux que nos maris.

Mme JOSÉPHINE BIGORNEAU. Clarence est aussi bien mieux que M. Bigorneau.

Mme AGLAÉ PINCEBOURDE. Il n'a pas de grands efforts à faire pour cela. Vois tu, Joséphine, un mari, c'est le bœuf de tous les jours avec du persil autour, tandis que l'amant c'est le perdreau... truffé. Si tu savais comme Julien est gentil dans le tête à tête, comme il est mignon et complaisant! Ça n'est pas du tout, mais là du tout la même chose que M. Pincebourde.

Mme JOSÉPHINE BIGORNEAU. Si j'étais certaine que mon mari ne s'aperçut de rien!

Mme AGLAÉ PINCEBOURDE. Bah! on essaie toujours.

COTÉ DES HOMMES SÉRIEUX.

M. PINCEBOURDE. Voulez-vous venir ce soir tous trois chez Fanchon? Nous dresserons le petit acte en fumant un cigare.

M. BIGORNEAU. Et ma femme?

M. PERCEPIED. Nous collerons nos femmes dans des voitures.

M. BARANGOIS. Ce Percepied n'est jamais embarrassé. (A Pincebourde). Et cette demoiselle Fanchon demeure-t-elle seule?

M. PINCEBOURDE. Ah! papa Barangois, qu'est-ce que dirait Mme Barangois si elle vous entendait?

20

M. BARANGOIS. Mme Barangois! elle n'entend plus de cette oreille là depuis douze ans.

SCÈNE II.

Une représentation à l'Opéra.

DANS UNE LOGE D'ENTRE-COLONNES. (*Louée à l'année.*) — LA COMTESSE DE MISTENGRILLE. — LE COMTE DE MISTENGRILLE. — CLARENCE DE BADERNY, *homme de lettres.*

LE COMTE. Je ne comprends pas qu'une femme qui se respecte reçoive son amant à l'Opéra, dans sa loge, publiquement, à la face du monde et à côté de son mari.

LA COMTESSE. Vous ne comprenez pas cela? cher comte.

LE COMTE. Non, comtesse, je ne le comprends pas. Je sais bien que je suis ridicule; mais, tenez, si vous voulez, nous allons prendre pour juge du débat M. de Baderny. Tout homme de lettres, tout libéral, tout républicain même qu'il est, il a le sens droit, et j'accepterai son arrêt.

LA COMTESSE. Vous êtes bien bon pour lui de reconnaître qu'il a du bon sens.

CLARENCE DE BADERNY. Mme la comtesse se joue

de nous, monsieur de Mistengrille ; elle nous ménage quelque mystification.

La comtesse. Allons ! monsieur Baderny, soyez notre juge.

Clarence de Baderny. Eh bien ! madame la comtesse, mon avis est que ce n'est point la femme mariée qui a tort, mais l'amant. L'amant est un sot qui s'expose à entendre des conversations qui doivent lui être très-désagréables.

La comtesse (se mordant les lèvres). Ce cher Baderny, il a des façons d'envisager les choses.

Le comte. Et qui sont bonnes. A propos, Baderny, vous venez faire un wisth ce soir chez la comtesse après le spectacle ?

Clarence de Baderny. Non, je me sauve ; je vais aux Variétés voir débuter la maîtresse d'un conseiller d'État.

La comtesse. Est-ce bien d'un conseiller d'État ?

Clarence de Baderny. Oui, madame la comtesse. (Exit.)

LA COMTESSE DE MISTENGRILLE. — LE COMTE DE MISTENGRILLE.

La comtesse (bâillant). C'est étonnant comme Mario a moins de voix aujourd'hui que d'habitude.

LE COMTE (*bâillant*). Ah! comtesse, Mario n'a jamais plus de voix un jour que l'autre.

LA COMTESSE. Vous faites des mots maintenant!

LE COMTE. C'est pour remplacer Baderny que vous avez fait fuir.

LA COMTESSE. J'ai fait fuir Baderny, moi!

LE COMTE. Parbleu! oui, comtesse, et sans vous en douter. Entre nous, Baderny pose pour un séducteur; il fait le discret pour qu'on en croie davantage. Et le conseiller d'Etat, hum! hum!

LA COMTESSE. Vous avez deviné cela! comte. Eh bien! moi, je le savais; Baderny me conte toutes ses amours.

LE COMTE. Ah! vraiment! Vous êtes bien heureuse. Racontez-moi cela.

LA COMTESSE. Ah! comte, des secrets!

A L'ORCHESTRE.

ARTHUR PANTINOIS. — ISIDORE BERLURET. — JACQUES MERCIER (*officier d'infanterie*).

ARTHUR PANTINOIS. Elle fait partie du quatrième quadrille; elle a un bracelet en corail et des boucles d'oreilles en turquoises.

JACQUES MERCIER. Et tu es son Jupiter?

ARTHUR PANTINOIS. Ne parle pas si haut, Isidore pourrait nous entendre, et je ne veux pas qu'il sache.

JACQUES MERCIER. Est-ce qu'Isidore?...

ARTHUR PANTINOIS. Non... mais c'est un bavard.

JACQUES MERCIER. Moi, j'aime une marchande de tabac. Elle est un peu jalouse, mais c'est une bonne fille; le cœur sur la main et pour l'argent pas exigeante. Tu comprends, dix-neuf cent soixante et quinze francs d'appointements, douze cents francs du papa, il n'y a pas de quoi entretenir des danseuses.

ARTHUR PANTINOIS. Mon cher, la mienne me coûte les yeux de la tête, mais... (*il se penche à son oreille*).

JACQUES MERCIER (*ouvrant de grands yeux*). Vraiment?

ARTHUR PANTINOIS. Ma parole d'honneur. (*En cet instant ses yeux rencontrent ceux du comte et de la comtesse de Mistengrille. Il salue*).

ISIDORE BERLURET. Qui salues-tu donc?

ARTHUR PANTINOIS (*très-haut de manière à être entendu de ses voisins*). La comtesse de Mistengrille.

ISIDORE BERLURET (*naïvement*). Tu la connais?

ARTHUR PANTINOIS (*bas à Jacques Mercier*). Est-il bête, cet Isidore, comme si on saluait les gens qu'on ne connaît pas !

DANS LA LOGE D'ENTRE COLONNES.

LE COMTE (*à la comtesse qui vient de donner un petit coup d'éventail en réponse au salut profond d'Arthur Pantinois*). Qui saluez-vous donc ?

LA COMTESSE. Le fils de mon blanchisseur.

LE COMTE. Vous êtes dans vos jours de démocratie, comtesse.

A L'ORCHESTRE.

ARTHUR PANTINOIS. La comtesse est fille d'une vieille amie de ma mère, et nous avons joué ensemble lorsque nous étions enfants. C'est une délicieuse femme.

DERRIÈRE LE RIDEAU.

FIFINE FINFERLEAU (13 ans). Il m'a écrit qu'il me ferait un article dans le *Figaro-programme*.

ERNESTA CRENUCHARD (12 ans). Le vieux baron m'a offert du palissandre, mais je veux du bois de rose.

CORNÉLIE SAMITON (13 ans). Le vieux baron m'a offert du bois de rose, à moi, mais je lui ai répondu : Monsieur le baron, çà regarde ma mère.

ERNESTA CRENUCHARD. Comment! cet horreur d'homme fait la cour à deux femmes à la fois! S'il se présente ce soir au foyer de la danse, je lui arrache les yeux.

FIFINE FINFERLEAU. Eh bien! moi, mon journaliste ne m'a pas promis de mobilier et je l'aime tout de même. La jeunesse n'a qu'un temps, il faut aimer tant qu'on est jeune.

CORNÉLIE SAMITON (*sentencieuse*). C'est justement parce que la jeunesse n'a qu'un temps, qu'il faut placer tant qu'on est jeune.

DANS UNE BAIGNOIRE.

Mme PINCEBOURDE. Il t'a dit qu'il viendrait ce soir?

Mme JOSÉPHINE BIGORNEAU. Il a demandé exprès pour moi cette loge à la direction.

M^{mc} P<small>INCEBOURDE</small>. C'est gentil d'avoir un homme de lettres pour amant; il vous donne des billets de spectacle; il peut vous mener aux premières représentations. Moi, j'adore les premières re-présentations.

Mme J<small>OSÉPHINE</small> B<small>IGORNEAU</small>. J'aimerais autant qu'il ne vint pas.

Mme P<small>INCEBOURDE</small>. Il viendra. Si c'est un homme bien élevé, il viendra et t'apportera un bouquet de chez M^{mc} Prévost et des bonbons de Boissier. C'est de rigueur la première fois.

Mme J<small>OSÉPHINE</small> B<small>IGORNEAU</small>. Tu parles de cela comme si c'était une chose toute naturelle.

Mme P<small>INCEBOURDE</small>. Qu'est-ce que tu peux crain-dre? Nos maris ont un dîner d'affaires... une spéculation sur les terrains.

(*On gratte discrètement à la porte de la bai-gnoire, M^{mc} Pincebourde ouvre la porte*).

M. C<small>LARENCE</small> <small>DE</small> B<small>ADERNY</small> (*un bouquet de roses-thé à la main et un sac de chez Boissier dans sa poche*). Mesdames, y a-t-il de l'indiscrétion à vous demander l'hospitalité dans votre loge? (*Il offre son bouquet à Mme Bigorneau.*)

Mme P<small>INCEBOURDE</small>. Monsieur, dites dans votre loge.

M. C<small>LARENCE</small> <small>DE</small> B<small>ADERNY</small>. Si j'avais deviné que

j'aurais l'honneur de rencontrer madame Pincebourde, je me serais muni de deux bouquets.

(*Marivaudage ad libitum*).

SUR LE THÉATRE (*le rideau est levé*).

FIFINE FINFERLEAU. Jules est à sa place.

CORNÉLIE SAMITON. Le fauteuil du baron est vide.
Je parie que ce vieux volage est aux Délassements Comiques.

LE TÉNOR LÉGER (*à la basse-taille*). La dame du
nº 47 est à son poste. Vois-tu comme elle me
lorgne?

LA BASSE-TAILLE. Es-tu sûr que ce soit une
amoureuse? C'est peut-être la femme d'un de tes
tailleurs.

DANS LA COULISSE.

LA FORTE PREMIÈRE CHANTEUSE (*au moment d'entrer en scène à un domestique en livrée*). Vous direz au prince qu'il s'est trompé, que c'est vingt
mille et non dix mille que je lui ai demandés.
(*Avec un geste d'impératrice.*) Allez!

M. EPHRAÏM BAYONNÈS, *de Bordeaux, banquier*.

Dix mille francs d'écart, belle dame ; je fais la différence.

LA FORTE PREMIÈRE CHANTEUSE. Nous recauserons de cela, mon petit, après mon grand air.

DANS LA SALLE, LOGE 47.

Mlle CLARA. Mon Dieu ! que cet homme est donc beau avec son justaucorps de velours et son casque en carton !

AU FOYER.

LE PRINCE DE BRUSQUEVILLE. La Bourse a baissé aujourd'hui sur la nouvelle que les confédérés avaient battu les fédéraux ; demain elle montera parce qu'on apprendra que les fédéraux ont battu les confédérés ; achetez-moi ce soir au Passage cent vingt mille.

M. EPHRAÏM BAYONNÉS. Cent vingt mille, prince, mais quelle couverture me donnerez-vous ?

LE PRINCE DE BRUSQUEVILLE. Mais mon nom, ma position, ma fortune personnelle !

M. EPHRAÏM BAYONNÉS. Parlons sérieusement.

(Le prince prend le coulissier sous le bras et l'entraîne dans un coin retiré du foyer).

DANS LA LOGE D'ENTRE COLONNES.

M. LE CHEVALIER DE PIVETEAU. Madame la comtesse me permettra de lui présenter mon jeune protégé. C'est un peintre de distinction.

LE COMTE. Ma femme adore les artistes et les protège.

LA COMTESSE. Oh! comte, de ce côté-là, nous n'avons rien à nous reprocher; si j'aime la peinture, la sculpture et la littérature, vous raffolez de la danse et de la musique, et je ne crois pas que votre amour soit aussi désintéressé que le mien.

LE COMTE. Oh! comtesse.

LA COMTESSE. Chevalier, amenez-moi demain votre protégé, je lui commanderai mon portrait.

A LA SORTIE.

(Rue Lepelletier, devant le péristyle).

UN OUVREUR DE PORTIÈRES *(fermant la voiture où viennent de monter Mmes Pincebourde et Bigor-*

neau et M. Clarence de Baderny). Il m'a donné quarante sous ; c'est un étranger ou un amoureux.

La comtesse de Mistengrille (*au chevalier de Piveteau qui lui donne le bras pour gagner sa voiture*). Et vous dites que ce jeune peintre est admirablement beau ?

Le chevalier de Piveteau. Admirablement, c'est le mot, belle dame.

La comtesse de Mistengrille. Ne manquez pas de me l'amener. Il m'intéresse, ce jeune homme.

Mlle Clara (*à son amie*). Mon Dieu ! que cet homme est donc beau avec son justaucorps de velours et son casque en carton !

Arthur Pantinois (*à Jacques Mercier*). Adieu, je vais l'attendre sous le passage noir.

Jacques Mercier (*à Isidore Berluret*). Et où allez-vous maintenant ?

Isidore Berluret. Rue Joubert.

Jacques Mercier. Et moi, chez ma marchande de tabac.

SCÈNE III.

Le boulevard de Gand à onze heures du soir.

ARTHUR PANTINOIS ET ISIDORE BERLURET
(*se promenant*).

ARTHUR PANTINOIS (*à Isidore Berluret*). Tu me retrouveras au café Riche dans une heure.

ISIDORE BERLURET. J'aimerais mieux au café Garin.

ARTHUR PANTINOIS. Pour s'y commettre avec des cocottes.

ISIDORE BERLURET. Cela vaut autant que les journalistes du café Riche.

ARTHUR PANTINOIS. Monsieur Berluret, vous êtes un lascif.

ARTHUR PANTINOIS (*seul*).

ARTHUR PANTINOIS. Quel être inepte, stupide et infect que ce Berluret ! — Ça veut trancher de l'homme d'importance et c'est bête à manger de

21

la choucroûte! Avec cela que çà vous pose, d'être
rencontré avec les demoiselles du café Garin!
Tandis que les habitués du café Riche — tous
gens d'esprit! J'entends raconter par eux les
mots qui doivent être dans le *Figaro* de la
semaine prochaine, je les répète dans les maisons où je vais et je passe pour collaborer au
journal de Villemessant. Quelle cruche que ce
Berluret! Il n'a pas d'élévation dans l'âme, il ne
désire jamais que les choses toutes faites, les
femmes faciles et les dîners à quarante sous.

ARTHUR PANTINOIS. — JULIEN DAVELOUIS.

Arthur Pantinois (*abordant Julien Davelouis qui
passe vite pour l'éviter*). Eh Julien! où allez vous
donc comme cela?

Julien Davelouis. Ah! ce cher Pantinois, je ne
le voyais pas.

Arthur Pantinois. Voulez-vous souper avec
nous?

Julien Davelouis. Vous soupez donc encore?
vous.

Arthur Pantinois. Parbleu! je ne fais que cela.

Julien Davelouis. Et avec qui soupez vous?

Arthur Pantinois. Berluret, de Camichard et Paul Bringoin qui doit amener quatre femmes des Délassements Comiques.

Julien Davelouis. Qui doit amener...?

Arthur Pantinois. Qui les amènera. Vous savez, les dames n'ont rien à lui refuser — il écrit dans le *Chapeau Chinois*.

Julien Davelouis. Vraiment?

Arthur Pantinois. C'est lui qui rend compte des Délassements au *Chapeau Chinois*.

Julien Davelouis. Vous m'en direz tant. Et où soupez-vous?

Arthur Pantinois. Et où voulez-vous que l'on soupe, si ce n'est à la Maison d'Or?

Julien Davelouis. J'irai... pour voir la couleur des cheveux de vos dames.

Arthur Pantinois. Toujours ironique.

Julien Davelouis. A minuit et demi à la Maison d'Or (*exit.*).

ARTHUR PANTINOIS (*seul*).

Arthur Pantinois. Ce Julien Davelouis, il vous a toujours des airs moqueurs; mais on ne peut pas se fâcher parce qu'il a de l'esprit, de la fortune et que les rieurs se mettraient de son côté. C'est égal, je suis aise qu'il vienne ce soir. Il nous verra avec les femmes que doit amener Bringoin; lui qui prétend que nous ne connaissons pas de femmes, cela nous posera à ses yeux.

ARTHUR PANTINOIS. — PAUL BRINGOIN.

PAUL BRINGOIN (*arrivant par la rue Lepelletier, à Pantinois*). Psitt! psitt!.

ARTHUR PANTINOIS. Tiens! Bringoin! Tu n'es donc pas aux Délass?

PAUL BRINGOIN. Si, j'en viens.

ARTHUR PANTINOIS. Et ces dames?

PAUL BRINGOIN. Chou blanc! Elles veulent qu'on éclaire avant le souper.

ARTHUR PANTINOIS. Comment! qu'on éclaire...

PAUL BRINGOIN. Parbleu! elles disent que les hommes de lettres sont des panés et que c'est perdre son temps que de souper avec eux. Elles ne veulent point croire que je les mène dans la société de gentilshommes et elles demandent des arrhes.

ARTHUR PANTINOIS. Eh bien! il fallait en donner.

PAUL BRINGOIN. Cela t'est facile à dire à toi qui es riche. Quant à moi : *nib de braise.*

ARTHUR PANTINOIS. Et combien te faut-il?

PAUL BRINGOIN. Une vingtaine de louis.

ARTHUR PANTINOIS. Bigre! C'est roide! Il faut attendre Berluret et de Camichard ou plutôt allons au café Riche. Peut-être y sont-ils déjà.

ARTHUR PANTINOIS. — PAUL BRINGOIN. — FÉLIX DE CAMICHARD.

ARTHUR PANTINOIS. Tu ne sais pas, Félix, ce qui nous arrive?

FÉLIX DE CAMICHARD. Je parie que Bringoin n'amène pas de femmes?

ARTHUR PANTINOIS. Juste.

FÉLIX DE CAMICHARD. Ce Bringoin, quel blagueur! La veille, il connaît toutes les femmes; et puis, quand on le met au pied du mur, il n'en connaît plus.

PAUL BRINGOIN. C'est une question d'argent.

FÉLIX DE CAMICHARD. Avant?

PAUL BRINGOIN. Avant, pour ne plus avoir à en parler après.

FÉLIX DE CAMICHARD. De jolies connaissances!

PAUL BRINGOIN. (vexé). Elles disent exactement la même chose de toi. — Tiens! voilà Fanchon

21.

Turco qui passe, toi qui la connais, Arthur, invite là, çà fera toujours nombre pour le souper.

Arthur Pantinois. Certainement, je la connais, mais je n'ai pas l'habitude de parler aux femmes sur le boulevard.

Paul Bringoin. Des manières! je vais lui parler, moi.

ARTHUR PANTINOIS. — PAUL BRINGOIN. — FÉLIX DE CAMICHARD.—FANCHON TURCO.

Paul Bringoin (*il imite Joseph Prudhomme*). Comment se porte Fanchon Turco, la belle des belles, la plus belle jambe du Casino Cadet, si j'ose m'exprimer ainsi?

Fanchon Turco. Tiens! monsieur Paul, vous m'avez fait peur avec votre voix de phoque.

Paul Bringoin (*imitant Lassagne*). Oh! faible femme. Oh! mon Dieur je! mon Dieur je! Aurais-je été assez déplorablement insensé pour t'effrayer? faible enfant.

Fanchon Turco. Vous êtes toujours amusant, vous, avec vos bêtises.

Paul Bringoin (*imitant Mélingue*). C'est que vois-tu, faible femme, je t'aime et je t'adore et que le premier croquant qui se permettrait de ternir par son regard l'azur de tes yeux, je lui passerais ma dague à travers le corps.

FANCHON TURCO (*visiblement fatiguée de l'esprit que déploie Paul Bringoin*). Et c'est tout cà que vous payez?

PAUL BRINGOIN (*voix naturelle*). Voulez-vous souper avec nous?

FANCHON TURCO (*les toisant tous trois*). C'est que j'ai un billet à payer demain.

FÉLIX DE CAMICHARD. Oh là là!

FANCHON TURCO (*piquée au vif*). Monsieur a dit?

PAUL BRINGOIN. Mon ami a dit : de combien est le billet? Mon ami est un originaire de l'île Nou-Kayva; il parle le français d'une façon défectueuse et s'exprime plus facilement dans son idiôme patriotique — Oh là là! dans le langage imaginé de l'île de Nou-Kayva, cela veut dire : de combien est ce billet?

FANCHON TURCO. Allons donc! vous êtes des panés.

PAUL BRINGOIN (*montrant Arthur Pantinois*). Même monsieur?

FANCHON TURCO. Même monsieur.

PAUL BRINGOIN. Il dit pourtant que tu le connais.

FANCHON TURCO. Lui...! Et puis... zut (*elle file*).

ARTHUR PANTINOIS. — PAUL BRINGOIN. — FÉLIX DE CAMICHARD.

Paul Bringoin. Aimable enfant. Je te bénis. (*A Pantinois*). Diras-tu encore que tu la connais?

Arthur Pantinois. Je défends toujours aux femmes de me reconnaître dans la rue.

Paul Bringoin. C'est un luxe de précautions au moins inutile.

Félix de Camichard. Avec tout cela nous n'avons pas de chastes compagnes.

Paul Bringoin. Tiens! voilà deux femmes qui passent; si nous les accostions?

Arthur Pantinois. C'est bien mauvais genre.

Félix de Camichard. Allons donc! c'est régence.

Paul Bringoin. Messieurs, je vais porter la parole.

ARTHUR PANTINOIS. — PAUL BRINGOIN. — FÉLIX DE CAMICHARD. — Mlle CASTAGNETTE (22 *ans*). — Mlle BOISREDON (41 *ans*).

Paul Bringoin. Mesdames...

CASTAGNETTE. *(bas à son amie)*. Ils sont bien jeunes.

Mlle BOISREDON *(bas)*. Oui, mais ils sont bien mis et ils ont tous des montres.

PAUL BRINGOIN. Mesdames, permettez à un simple mortel de vous demander si quelques ostendes, des perdreaux truffés et quelques fioles de vins fins pourraient vous plaire d'aventure.

CASTAGNETTE. Monsieur, nous ne soupons jamais.

Mlle BOISREDON. C'est de l'argent bien mal employé. On mange à peine ; tout reste pour les garçons et puis les messieurs n'ont plus d'argent après.

PAUL BRINGOIN. Vous dites?

Mlle BOISREDON. Si ces messieurs veulent venir prendre le thé à la maison?

FÉLIX DE CAMICHARD *(entraînant Bringoin)*. Allons nous en ; elles sont trop femmes d'affaires.

Mlle BOISREDON et Mlle CASTAGNETTE *(les voyant s'éloigner)*. Des panés !

ARTHUR PANTINOIS. Voyez, messieurs, à quoi l'on s'expose en parlant à des femmes dans la rue.

PAUL BRINGOIN. Est-il assommant, ce Pantinois, avec son habitude de faire sa tête ! *(Ils entrent au café Riche)*.

MONSIEUR et MADAME PINCEBOURDE.
(Ils reviennent du théâtre).

Mme PINCEBOURDE. Je te dis, Anténor, que je n'ai pas les yeux dans ma poche et que vous connaissez cette petite dame qui était au balcon en face de nous.

M. PINCEBOURDE. Glaé, je t'affirme que tu te trompes.

Mme PINCEBOURDE. Je ne me trompe pas, Anténor, c'est vous qui me trompez.

M. PINCEBOURDE. Tu n'es pas fâchée, Glaé, tu fais des mots.

Mme PINCEBOURDE. Et vous, vous m'en faites endurer de cruels.

M. PINCEBOURDE *(riant)*. Ah! Glaé, tu en as fait un encore. Glaé, ma petite Glaé, je te jure qu'il n'y a pas au monde d'époux plus modèle que moi. *(A part)*. Comme je mens, mon Dieu! comme je mens: *(Haut)*. Vois-tu, Glaé, tu es toujours ma petite Glaé chérie et je veux que tu aimes toute la vie ton petit Nonor.

Mme PINCEBOURDE. Vous êtes un monstre, mais que voulez-vous? je vous aime comme cela.

Tenez je vous pardonne. (*A part*). Il ne me rede-
mandera plus où j'ai été dans la journée.

(*Passe Julien Davelouis avec trois dames, ils
rient tous quatre aux éclats*).

M. Pincebourde (*faisant remarquer Julien à sa
femme*). Tiens! voilà M. Julien Davelouis, le fils
du propriétaire de Percepied ; il est avec des
cocottes.

Mme Pincebourde (*dissimulant sa jalousie et sa
colère*). Mais, parmi ces trois dames, je reconnais
la petite dame qui était en face de nous au
balcon.

M. Pincebourde (*imprudemment*). Fanchon
Turco ?

Mme Pincebourde. Ah ! vous voyez bien que
vous la connaissez, libertin, et de plus je sais
qu'elle est votre maîtresse. (*Ils s'éloignent du côté
de la Madeleine*).

M. BARANGOIS (*suivant une petite dame voilée*).

M. Barangois. Voyons ! on peut aller vous
voir ? Dites moi qu'on peut aller vous voir ? Une
femme qui a une aussi jolie cheville ne doit pas
être cruelle.

La dame voilée (*brusquement*). Monsieur, vous
m'insultez, voici ma carte.

SCÈNE IV.

La Maison d'Or, à une heure du matin.

M. JULIEN DAVELOUIS. — M. ARTHUR
PANTINOIS. — M. ISIDORE BERLURET.
— M. PAUL BRINGOIN. — FANCHON
TURCO. — ANAIS ET CLARA (*actrices des
Délassements*).

Julien Davelouis. Messieurs, il manque une
dame. Qu'est ce qui va chercher une dame?

Le garçon (*entrant*). Voilà, voilà!

Julien Davelouis. Tu peux nous amener une
dame?

Le garçon (*naïvement*). Il en passe assez sur
le boulevard.

Julien Davelouis. Eh bien! amène-nous la
première qui se présentera et donne moi un
crayon et du papier que j'écrive la carte.
Messieurs, ce soir me regarde. C'est moi qui
paie. (*Il écrit*) :

Ostendes.

Potage aux bisques.

Barbue sauce Talleyrand,

Filets mignons à la Chambord.

Blanc manger à l'impératrice.

Perdreaux truffés sur rotie travaillée à la Sol-
ferino.

Salade de primeurs à la russe.

Bombe glacée aux quatre fruits.

Sauterne, Nuits et Ve Cliquot.

(Il sonne). Garçon !

Le Garçon. Voilà, voilà la femme demandée !
(Une dame entre dans le cabinet).

LES MÊMES. — Mme AGLAÉ PINCEBOURDE.

Mme Aglaé Pincebourde. M. Davelouis, il y a
bien un couvert pour moi? *(Tableau).*

SCÈNE V.

Une heure du matin sur le boulevard des Italiens.

JULIEN DAVELOUIS, Mme AGLAÉ PINCE-
BOURDE, UN COCHER, UN GAMIN.

Julien Davelouis. Quelle imprudence ! Venir
me relancer jusqu'à la Maison d'Or !

Mme Aglaé Pincebourde. Ah ! Julien ! Si jamais
j'aurais pu croire cela de vous !

19

JULIEN DAVELOUIS. Mais dans quel but venir à la Maison d'Or? Abandonner à cette heure votre maison, votre mari!

Mme AGLAÉ PINCEBOURDE. Ah! vous évitez de répondre à mes questions. Et hier encore vous me juriez que vous n'aimiez que moi, que moi seule! Et lorsque je vous disais que je ne vous croyais pas, vous haussiez les épaules et vous me disiez que j'étais folle! — Oui, vous aviez raison alors, j'étais folle! folle de croire à vos serments et à vos protestations! folle de sacrifier mon repos et l'honneur de mon mari pour un homme qui passe ses nuits au cabaret avec des filles de bas étage!

JULIEN DAVELOUIS. Voyons, Aglaé, qu'est-ce que je faisais de mal?

Mme AGLAÉ PINCEBOURDE. Il le demande! Mon Dieu! il le demande!

UN COCHER, *en station sur le boulevard.* Une voiture, mon bourgeois, des ressorts bien tendres, ma petite dame.

JULIEN DAVELOUIS. Aglaé, ne parlez pas si haut; il passe encore du monde sur le boulevard. Vous allez vous faire remarquer.

Mme AGLAÉ PINCEBOURDE. Qu'est-ce que cela me fait à moi. Qu'est-ce que cela me fait que l'on me regarde. Qu'est-ce que cela me fait que l'on s'occupe de moi, lorsque je vois que j'ai perdu ton amour, mon plus grand bien sur la terre.

Julien Davelouis. Mais, Aglaé, il n'est pas question de tout ceci. Je vous aime. Rentrez chez vous. Vous ne pouvez rester plus tard dehors. Que dira votre mari?

Mme Aglaé Pincebourde. Et c'est lui, lui qui vient me parler de mon mari!

Julien Davelouis. Ah ça! est-ce que vous allez me faire une scène en plein boulevard?

Mme Aglaé Pincebourde. Ah! Julien! vous, un homme comme il faut, parler brutalement à une femme!

Julien Davelouis (*furieux*). Il n'y a pas d'homme comme il faut ici; il n'y a qu'un homme auquel vous faites jouer un rôle ridicule et odieux. Je suis avec des amis et leurs maîtresses dans un cabinet de la Maison d'Or; je suis seul, moi — car il n'y avait que trois femmes et nous étions quatre hommes. Je me distrais avec eux sans penser à mal. Et vous tombez au milieu de nous comme une bombe! Je vous reconduis, je quitte les amis avec lesquels je suis pour vous éviter le contact de gens qui ne sont point de

votre monde, et lorsque je serais en droit de me
fâcher, c'est vous qui vous mettez en colère !
Vous allez rentrer chez vous.

Mme AGLAÉ PINCEBOURDE. Julien !

JULIEN DAVELOUIS. Vous allez rentrer chez
vous.

Mme AGLAÉ PINCEBOURDE. Mais... Julien !

JULIEN DAVELOUIS *(avec fermeté)*. Vous allez
rentrer chez vous tout de suite. Demain nous
aurons une explication, si vous y tenez, à notre
lieu de rendez-vous habituel.

Mme AGLAÉ PINCEBOURDE *(faiblissant)*. Dis-moi
au moins que tu m'aimes encore.

JULIEN DAVELOUIS. Rentrez d'abord chez vous.
Demain nous nous expliquerons. *(Il fait signe à
un cocher.)* Je vais vous mettre en voiture et...
demain... demain... nous nous expliquerons.

Mme AGLAÉ PINCEBOURDE. Reconduis-moi au
moins.

JULIEN DAVELOUIS. Demain nous nous verrons.
Demain.

*Mme Pincebourde monte dans un fiacre. Julien
Davelouis la regarde s'éloigner. Il tire sa montre.*

JULIEN DAVELOUIS. Deux heures et Eulalie qui
m'attend ! *(Exit.)*

SCÈNE VI.

La chambre d'Eulalie Percepied.

EULALIE PERCEPIED (*seule*). Une heure trois
quarts à Saint-Eustache ! Mon Dieu ! comme le
temps me semble long et comme ce roman de
Ponson du Terrail est ennuyeux ! C'est étonnant,
d'ordinaire les romans de Ponson du Terrail, je
les lis très-vite, et celui-ci, je ne peux pas arriver à terminer le premier volume... et il y en a
quatorze. (*Elle soupire.*) Encore un quart d'heure
avant que Julien n'arrive ! Si je me mettais à
compter les secondes, ce serait plus amusant que
ce maudit roman. (*Elle compte.*) Un, deux, trois,
quatre, cinq, six... cent, mon Dieu ! mon Dieu !
que c'est long une minute quand on attend ! J'ai
compté cent tandis que la pendule ne marquait
que soixante. (*Elle continue.*) Un, deux, trois,
quatre, cinq, six..., on a sonné à la porte de la
rue, c'est peut-être Julien ! (*Elle écoute.*) Non, la
personne traverse la cour. (*Elle recommence.*)
Sept, huit, neuf, dix, onze, mon Dieu ! mon Dieu !
qu'est-ce que Julien peut faire tous les jours

dehors jusqu'à deux heures du matin? Il me soutient qu'il ne rentre à cette heure-là que pour ne point éveiller les soupçons, si on le rencontrait dans l'escalier. Je suis certaine qu'il me trompe et je n'ose pas le lui dire de peur de rompre avec lui. C'est que s'il se fâchait, qu'est-ce que je deviendrais? Oh! non, Julien ne me trompe pas, j'ai besoin de croire qu'il ne me trompe pas. Pourtant il ne paraît guère pressé de vouloir m'épouser, il remet toujours au lendemain pour s'en expliquer avec maman. Il faut absolument qu'il me fasse une promesse cette nuit. Sans cela... sans cela... Deux heures. (*Elle sort de sa chambre sur la pointe des pieds et va entr'ouvrir à petit bruit la porte de l'appartement.*) Deux heures et il n'est point là! On sonne encore à la porte d'entrée... C'est lui, je l'entends qui dit son nom au portier. (*Elle se penche sur la rampe de l'escalier.*) Mais il n'est point seul. Ciel! il est avec mon père. (*Elle referme précipitamment la porte et rentre dans sa chambre.*

SCÈNE VII.

Sur l'escalier.

JULIEN DAVELOUIS. — M. PERCEPIED.

M. Percepied. Voyons! M. Julien, vous, vous êtes un bon enfant! Vous ne voulez pas la mort du pécheur. Intercédez pour moi auprès de votre père. Il me poursuit l'épée dans les reins pour trois malheureux termes. Je n'ai pas d'argent en ce moment. Ce n'est pas mauvaise volonté. Et tous ses papiers timbrés n'accéléreront rien. Tout çà, çà fait les affaires des huissiers.

Julien Davelouis. Mon cher M. Percepied, je ne demanderais pas mieux, mais je ne me mêle jamais des affaires de mon père.

M. Percepied. Allons donc! Un bon mouvement.

Julien Davelouis. Je suis désolé, mais vraiment...

M. Percepied. Je suis certain qu'un mot de vous arrangerait les affaires. Qu'est-ce que je demande...? du temps. Du temps, voilà tout! Les frais me ruineront! J'ai une affaire superbe entre les mains. Si j'avais l'esprit libre, je la mènerais à bien. Et dans cette affaire il y aurait de quoi payer mes dettes et donner une dot à ma fille.

JULIEN DAVELOUIS. Tenez, monsieur Percepied, j'aime encore mieux vous prêter l'argent nécessaire pour payer vos trois termes que de parler à mon père. Combien vous faut-il ?

M. PERCEPIED. Douze cents francs et les frais... environ quatorze cents francs.

JULIEN DAVELOUIS. Voulez-vous passer demain matin à dix heures et demie à mon bureau, je vous remettrai quinze cents francs... Rue Joubert, nº 9, chez M. Filevitte, agent de change.

M. PERCEPIED. Brave jeune homme !

JULIEN DAVELOUIS. A demain, dix heures et demie.

SCÈNE VIII.

L'alcôve des époux Pincebourde.

M. PINCEBOURDE. Mais, Nini, explique-moi ce que tu as été faire?

Mme AGLAÉ PINCEBOURDE. C'est inutile de feindre plus longtemps... Je sais tout — entendez-vous? je — sais — tout.

M. Pincebourde. J'entends bien, tu sais tout. Et moi aussi.

Mme Aglaé Pincebourde. Et vous aussi? Et vous aussi, quoi?

M. Pincebourde. Tu me dis : Je — sais — tout. Je te réponds : et moi aussi : je — sais — tout.

Mme Aglaé Pincebourde. Je sais que vous avez une maîtresse.

M. Pincebourde. Je sais que vous avez un amant.

Mme Aglaé Pincebourde. Je sais qu'elle se nomme Fanchon Turco et qu'elle est danseuse au Casino Cadet.

M. Pincebourde. Je sais qu'il s'appelle Julien Davelouis et qu'il est le fils du propriétaire de Percepied.

Mme Aglaé Pincebourde. Je sais que vous vous ruinez pour elle; que vous lui donnez des cachemires de l'Inde, tandis que je porte un modeste Biétry; que vous la menez aux premières représentations, tandis que je garde la maison; je sais enfin que je suis une femme bien malheureuse!

M. Pincebourde. Pas si malheureuse que cela! Vous allez en compagnie de votre amant faire de bons petits déjeuners au Moulin-Rouge. — Et, tenez, Aglaé, moi, je suis un bon mari; je ne vous avais jamais trompée, je le jure sur ma tête. Lorsque je m'aperçus que vous aviez pris les devants, j'aurais pu me venger en me séparant de vous, en vous renvoyant dans votre famille...

Mme Aglaé Pincebourde (*aigre*). Il aurait fallu rendre ma dot.

M. Pincebourde (*digne*). J'y aurais peut-être gagné — mais je n'aime ni le bruit ni le scandale. Je me suis dit : ma femme a un amant, prenons une maîtresse. Et j'ai pris une maîtresse. Savez-vous où j'ai été la prendre? Dans les bras de votre amant. M. Julien Davelouis entretenait Mlle Fanchon Turco, je lui ai soufflé mademoiselle, c'est-à-dire la moitié de Mlle Fanchon Turco. C'était justice, il me prenait toute ma femme, je lui ai pris la moitié de sa maîtresse — j'ai encore gagné au change, madame. — J'ai mieux aimé cela que de me battre avec votre amant... il aurait pu me tuer et c'est pour le coup que vous eussiez été en droit de vous moquer de moi.

Mme Aglaé Pincebourde. Ah ! monsieur. Si j'avais su quel homme vous étiez, je ne vous aurais jamais épousé.

M. Pincebourde. Croyez bien que les regrets sont partagés.

SCÈNE IX.

Le boulevard des Italiens à cinq heures du matin.

ISIDORE BERLURET. — ARTHUR PANTINOIS. — FANCHON TURCO. — (*Ils se donnent le bras ; ils sont légèrement émus et se dirigent du côté du faubourg Montmartre*).

ARTHUR PANTINOIS (*rêveur, à part*). C'est dur! cent quarante-quatre francs de carte et aucun de nous trois n'avait assez d'argent pour la solder! J'ai attendu aussi longtemps que possible le retour de M. Davelouis. Mais il a fait comme Malborough, il n'est pas revenu. Cent quarante-quatre francs! c'est dur! J'ai laissé ma montre, ma chaîne, mes breloques, ma bague, mes boutons de manchettes et mon stik à pomme d'or en gage pour que nous ne couchions pas au poste. Qu'est-ce que maman va me dire demain?

FANCHON TURCO (*chantant à tue-tête*).

> J'ai un pied qui r'mue
> Et l'autre qui ne va guère
> J'ai un pied qui r'mue
> Et l'autre qui ne va plus !

ARTHUR PANTINOIS. Quel genre! Fanchon. Vous n'avez pas le moindre chic. Si des sergents de ville passaient, ils vous feraient taire.

FANCHON TURCO. As-tu fini tes manières! Du chic pour des panés comme toi qui laissent leur bijoux en plan lorsqu'il s'agit de payer la carte! Des beignets!

Et allez donc!
Et allez donc!
Turlurette, allez donc!

ISIDORE BERLURET (ivre). Vive Fanchon Turco! Vive la plus belle jambe du Casino!

FANCHON TURCO. Tiens! il est polonais, le petit; il me chausse. Comment t'appelles-tu?

ISIDORE BERLURET. Zidore.

FANCHON TURCO. Eh bien! Zidore, viens faire des crêpes.

(Ils s'éloignent par la rue du faubourg Montmartre en chantant).

ARTHUR PANTINOIS. Ils sont totalement dépourvus de chic. Et j'ai laissé en gage ma montre, ma chaîne, mes breloques, ma bague, mes boutons de manchettes et mon stick à pomme d'or pour ces animaux-là! (Il secoue tristement la tête.)

On entend au loin Berluret et Fanchon qui chantent.

Et allez donc !
Et allez donc !
Turlurette, allez donc!

SCÈNE X ET DERNIÈRE.

L'église de la Madeleine.

Mme PERCEPIED (*à sa fille*). Qu'est-ce que tu as? Eulalie. Tu as l'air mal à ton aise.

EULALIE PERCEPIED. Rien, maman; rien, je t'assure.

Mme PERCEPIED. On dirait que tu as envie de pleurer. Est-ce que tu serais jalouse d'Athénaïs Barangois, parce qu'elle épouse M. Julien Dave-louis? Dame! ma pauvre fille, Athénaïs a une belle dot. Elle vient d'hériter de quatre cent mille francs. Et tu n'as rien !

Mme JOSÉPHINE BIGORNEAU (*à Mme Aglaé Pince-bourde*). Comment! cela ne te fait rien de voir M. Julien se marier.

Mme AGLAÉ PINCEBOURDE. Depuis trois mois nous ne nous voyons plus. J'ai fait la paix avec mon mari. Et ton amoureux?

Mme Joséphine Bigorneau. Ah ! ma chère, si tu savais. (*Elle se penche à son oreille*).

Fanchon Turco (*dans la foule*). Il est gentil, Julien, en marié. Quant à sa femme, elle a l'air d'une grue. En voilà un qui nous reviendra.

FIN.

TABLE DES MATIÈRES

——— —

——— ——— ———